전장의 저격수

전장의 저격수 3

요람 장편소설

초판 1쇄 찍은 날 § 2018년 1월 19일
초판 1쇄 펴낸 날 § 2018년 1월 26일

지은이 § 요람
펴낸이 § 서경석

총괄팀장 § 최하나
편집책임 § 이지연
디자인 § 신현아

펴낸곳 § 도서출판 청어람
등록번호 § 제387-1999-000006호
등록일자 § 1999. 5. 31
어람번호 § 제1-2835호

주소 § 경기도 부천시 원미구 부일로 483번길 40 서경B/D 3F (우) 14640
전화 § 032-656-4452   팩스 § 032-656-4453
http://www.chungeoram.com
E-mail § chungeorambook@daum.net

ISBN 979-11-04-91613-7 04810
ISBN 979-11-04-91580-2 (세트)

요람 장편소설

전장의 저격수

③

청람

전장의
저격수

Contents

episode 16
변화의 시작

석 달.

첫 번째 소환에서 풀려 나온 고블린을 모조리 정리했다고 정부가 공식 발표하는 데 걸린 시간이 딱 석 달이었다.

국가비상사태, 즉 계엄령은 진즉 풀렸지만 산간 쪽의 정리가 오래 걸렸기 때문이다. 그나마 다행인 건 대한민국이 게임 강국이라는 점이다. 라니아는 출시 당시 전 세계적인 인기를 끌었던 게임이고, 수많은 유저 중 인구 대비 가장 많은 유저를 보유한 국가가 대한민국이었다.

종특.

게다가 게임에 한해선 종족 특성이란 말까지 있을 정도로 유저 레벨이 높은 곳도 대한민국이었다.

소환된 고블린이 현재 리얼 라니아에 풀리지 않은 아이템과 스킬을 극히 희박한 확률로 떨군다는 소식이 전해지면서 몸을 사리고 있던 유저들도 참전, 정리하는 데 가속도가 붙었다. 그런데 그런 대한민국도 석 달이나 걸렸다.

다른 동북아시아 국가들은 달랐다. 수억 인구수를 자랑하는 중국도 현재 정리가 끝나질 않았다.

유저는 솔직히 중국이 훨씬 많았다. 한국보다 몇 배나 더 많았다. 하지만 문제는 인구 대비 유저 수가 극히 떨어진다는 점이고, 그것보다 더 큰 문제는 땅이 더럽게 넓다는 점에 있었다. 낙후된 도시에는 아예 유저가 없는 곳도 즐비했고, 때문에 정리는 훨씬 더 오래 걸렸다. 다만 군사 강국답게 정리는 못해도 몰아넣고 포위는 가능했다.

수많은 재래식 무기로 아예 폭격을 가해서라도 한곳으로 몰아넣어 차례차례 정리하는 와중이었다.

가장 큰 피해를 입은 곳은?

예상외로 일본이었다.

라니아가 선풍적인 인기를 끌 때 하필이면 일본에서도 선풍적인 인기를 모은 온라인 게임이 나왔다.

라니아보다는 그 게임에 훨씬 많은 가입자와 유저가 몰렸고, 그 탓에 라니아 가입자는 극소수였다. 그래서 마니아 소수만 한번 해보려고 가입했을 뿐 실제로 플레이한 숫자는 천명이 채 안 됐다.

게다가 일본은 2차 세계대전 전범국이라 군대 양성도 힘든 곳이다. 자위대만으로는 결코 사태를 해결할 수가 없었고, 결국 미국과 유엔에 간청할 수밖에 없었다. 하지만 시간은 잘만 흘렀다.

도쿄가 궤멸적인 타격을 입고 나서야 태평양 주둔 미군이 총출동했고, 유엔에서도 평화군을 파견했다.

그럼 다른 국가들은?

말해 뭐 하나.

일본과 중국이 이 정도의 타격을 입었는데.

정리를 완전히 끝낸 한국은 파병을 고려할까 했지만, 유저 손실이 와선 안 된다는 대국민 여론과 국회 여론이 정확히 일치하는 아주 신기한 결과로 단박에 무산됐다.

그럼 현재의 여론은?

팝콘이다, 팝콘.

사람이 죽어나가지만 일제강점기를 겪은 한국이라 강 건너 불구경하듯 바라보고만 있었다.

예전 쓰나미가 일본을 덮쳤을 때도 이 정도는 아니었는데 지금은 달랐다. 몬스터 소환이 의미하는 바는 지독하게 많고도 컸다. 국가 간 외교부터 시작해 극한 개인 이기주의가 서서히 대가리를 들었다.

생존이 걸려 있으니 학자들은 이 또한 당연한 결과라고 했다.

현재 인구 대비 가장 많은 유저를 보유한 곳은 말했듯이 한국이다. 20, 30, 40, 50대에 걸쳐 광범위하게 포진되어 있는 상황이고, 라니아사가 공개한 자료에 따르면 오천백만 인구 중 무려 칠십만에 달한다. 물론 휴면 계정까지 포함한 수치이다.

모든 국민의 생각은 이 수치에 집중했다.

수치 자체가 전략 물자임과 동시에 단 하나도 아쉬운 생존의 불빛이라고.

그러니 파병은 절대로 안 된다는 여론이 형성되는 것이야 당연한 일이었다. 하지만 문제는 그건 여론이고 주변국은 결국 압박을 시작했다.

군사력은 세계적으로도 결코 낮은 편이 아니다. 오히려 군사력 또한 영토와 인구 대비 굉장히 강력했다.

하지만 그래도 중국, 미국, 러시아 등등에 비하면 새 발의 피였고, 이들은 현 사태를 빨리 정리하고 조사와 연구를 하고 싶었다. 중국이야 발등에 불씨가 아닌 불덩이가 떨어진 상태였으니 다행이고, 일본은 자존심 때문에 아직 허리를 굽히지 않은 상태였다. 하지만 일본도 알 것이다.

결국은 대가리를 숙여야 할 거라는 걸.

미국이 미쳤다고 유저들을 보내겠나?

이번에 동북아시아 한정 소환이 됐다는 소리는 언제고 아메리카 대륙에도 단독으로 소환될지도 모른다는 소리인데, 그런 쪽으로는 대가리가 기가 막히게 돌아가는 것들이 우글우

글한 미국이 모를 리가 없었다. 그러니 유저 파병은 아마 안 될 것이다. 그렇다면 정리가 끝난 한국에 일본은 분명 대가리를 숙여야 한다.

당장 여론이야 이런 상태라도 언제고 변하는 법. 이건 한국 정부와 군, 군사학자들 대부분이 예측하고 있는 상황이다. 일부 깨어 있는 시민들도 마찬가지로 알고 있는 상태이다.

넉 달.

넉 달이 더 흘렀고, 미군과 유엔군이 투입됐으나 일본은 여전했다. 도쿄가 아예 폐허에 가까운 타격을 입은 걸로도 모자라 요코하마도 쓸렸다.

아비규환의 지옥.

현재 일본을 가장 잘 표현할 수 있는 단어였다. 이렇게 되니 국민 여론도 조금씩 변하기 시작했다. 뉴스에서 연일 절망적 상황의 일본을 중계했고, 리얼 라니아 강림 전 시리아에 비교해도 전혀 부족하지 않은 현실을 보게 되니 이 순진하고 착한 대한민국 국민들 사이에 동정 여론이 형성되기 시작했다.

정부는 이런 여론을 확인하고 서서히 움직이기 시작했고, 국회를 포함한 군, 검, 경의 조직도를 대폭 수정하기 시작했다.

그렇게 한 달이 더 지나 결국 돕자고 결정 났을 때, 모든 유저에게 메시지 하나가 날아들었다.

*   *   *

피식.

"지랄들 하네."

리얼 라니아에서 접속을 끊고 밖으로 나온 석영은 정부에서 보낸 메시지에 흘러나오는 조소를 참지 못했다.

내용은 극히 심플했다.

일본을 구하기 위한 특수 병력 차출 안내라는 제목으로 시작된 메시지는 꽤나 장문이었는데, 결론은…….

일본 좀 도와주고 생색 좀 내게 모이십시오.

이거였다.

아무리 교묘한 단어로 국가에 대한 의무와 충성, 유저의 의무와 권리를 써놨어도 석영에게는 딱 보였다.

궤변 속에 진실을 반쯤 숨겨놓은, 머리 좀 굴리는 놈들이 흔히 쓰는 방식이다. 이런 걸 모를 석영이 아니었다.

석영의 나이 서른다섯.

군대는 예전에 제대했고 예비군도 당연히 끝났다. 민방위가 있지만 그건 이 건과는 아무 상관이 없었다.

옛날이라면 정부가 나서서 하겠지만 이제는 그게 불가능한 게 유저가 힘을 얻었다. 그것도 개개인이 초인에 가까운 막강한 힘을 얻었고, 이들이 뭉치면 유저가 아닌 일개 군 대대쯤은 가볍게 날려 버린다.

잡고 싶으면 넓은 면적을 한 방에 날려 버릴 수 있는 폭격을 가해야 하는데, 이건 정말 미친 짓이다.

도심에서 안 나가면 된다.

그러니 유저는 강제할 수가 없었다. 일부 머저리들이나 정부의 지시대로 꼭두각시처럼 움직이지만 그건 극히 일부이고, 거의 대부분이 제 꼴리는 대로 사냥하며 명령에는 일체 반응하지 않았다.

그리고 그 중심에는 정의 길드의 심의명이 있었다. 그는 유저의 의무, 권리, 자유를 위해 정부와 척을 지는 것도 서슴지 않았다.

우웅, 우웅.

진동으로 맞춰놓은 핸드폰이 울었다. 액정에 뜬 한지원이란 이름.

"네, 접니다."

─메시지 봤어요?

"네, 골 때리던데요."

─후후, 개소리를 아주 장황하게 써놨더라고요.

이젠 제법 한지원과 친해져 서로 비속어도 잘 쓰는 사이였다.

띠링.

같이 사냥을 하고 나와서인지 아영이한테도 바로 전화가 왔다는 콜키퍼 메시지가 떴다.

"무시할 거죠?"

―당연하죠. 석영 씨가 혹시 이상한 생각 할까 봐 전화한 거예요.

"아영이 취급은 좀 기분 나쁩니다만?"

―아하, 그랬네요. 후후, 아영이한테 전화 오네요. 이따 저녁에 봐요.

"네."

전화를 끊은 석영.

한지원과 아영은 이 근방에 아예 별장을 지었다. 세상이 어수선해도 먹고살려면 돈이 필요하다. 둘은 석영의 집 아래 개울가를 기준으로 나란히 좌우에 땅을 사서 터를 잡았다. 물론 곧바로 되지는 않았다.

인부를 잔뜩 사서 야간 수당까지 챙겨줘 가며 조립식 주택을 지었다. 물론 펜스는 더럽게 넓고 높았다. 절대로 넘어오지 못할 높이였다. 도구를 쓴다면 가능하겠지만 주변을 CCTV로 도배를 해놓았다.

돈이야 넘쳐나는 그녀들이니 경비에 많은 돈을 투자했다. 그렇게 완성된 주택에 저번 달 입주해서 이제는 한 주민이 된 상태였다.

물론 이유는 정확하게 있다.

한지원, 김아영, 그리고 석영.

셋이 파티를 이루면 사냥 속도나 사냥터의 난이도가 극대

화된다. 가히 폭주에 가까운 속도로 두 달간 개미굴을 초토
화시켰다.

현재 찾아낸 굴의 개수는 열두 개이고, 그걸 전부 셋의 이
름으로 등록해 버렸다. 지금이야 개미굴을 들어서는 유저가
적으니 별로 수입은 없어도 유저의 평균 난이도가 올라가면
제법 쏠쏠할 것이다.

지금 당장 하루에 주문서가 스무 장 가까이 들어오는 고블
린 던전의 몇 배 이상 말이다.

'더 벌어놔야 돼. 앞으로 어떻게 될지 모르니.'

돈이 필요한 게 아니다.

현재 라니아 게시판을 점령한 키워드가 있다.

강화 기간이 짧아진다.

요약하자면 이거다.

최초 육체 강화는 개인에 따라 차이는 있었지만 평균 일주
일 정도 갔다. 근데 지금은 5일로 줄었다.

'아마 자체 업데이트 탓이겠지.'

리얼 라니아는 진화한다.

그것도 아무도 모르게 조용히 숨죽여 진화를 해버린다. 그
리고 그건 직접 체감하기 전까지는 거의 알아차릴 수 없었다.
그래서 눈치 빠른 이들이 집중한 건 강화 주문서이다. 나중에

는 기하급수적으로 많이 들어갈 거라는 걸 깨달은 것이다.

석영의 파티도 이걸 알자마자 개미굴을 진짜 미친 듯이 조졌다. 최대한 비축해 놔야 나중에 하루 몇 십장씩 써도 버틸 수 있을 터이다.

"빌어먹을 업데이트."

이걸 다시 상기하면 욕부터 나온다.

게임이라 생각하고 안 할 수도 없는 현실이다. 뒤처지면 목숨이 간당간당하니까. 실제로 저번 소환으로 죽은 유저도 많았다.

여기서 죽었다는 건 단순히 게임 속 게임 오버가 아닌, 본인의 인생에서 퇴장을 뜻했다. 요단강을 건넜다고 해도 좋고 삼도천을 건넜다고 해도 좋다.

그러니 뒤처져서는 안 되었다.

리얼 라니아에 최대한 시간을 투자해서 강화 주문서를 비축하고 강한 아이템으로 무장해야 한다.

생각을 정리한 석영은 씻고 밖으로 나왔다. 저녁을 준비하기 전에 창고지기 노름한테 가서 장비를 죄다 꺼내 부엌 한편에 펼쳐놓았다. 언제고 사고가 터질지 모르니 바로 전투 준비를 할 수 있는, 귀찮아도 이 정도 준비는 반드시 필요했다. 이어서 요리 재료를 꺼낸 석영은 저녁을 만들기 시작했다.

삼십 분 뒤, 샤워를 마친 아영과 한지원이 오고 저녁 식사가 시작됐다. 도란도란 얘기를 하며 저녁을 먹다 보니 어느새 달그락거리는 식기 소리가 점차 잦아들었다.

다들 배불리 먹고 나른한 표정으로 거실로 와서 소파에 앉았다. 아영이 타 온 차를 마시며 티타임을 가졌다.

하지만 실상은 그냥 티타임이 아니다.

내일 사냥터와 전략을 짜는 회의가 이 이후에 시작되기 때문이다.

후르릅.

"전 내일 사냥은 불참해야 될 것 같아요. 일이 있어서."

회의 시작도 전에 파장을 알리는 한지원이 한마디가 흘러나왔고, 작전 회의 없이 하루가 마무리됐다.

*   *   *

석영은 오랜만에 혼자 리얼 라니아에 접속했다. 우르힌 마을, 아니, 도시 중앙 광장의 전경은 이제 너무나 익숙했다. 창고에서 장비를 전부 꺼내 인벤토리에 넣은 석영은 곧바로 광장을 벗어났다.

물약이야 시간을 아끼기 위해 전날 전부 보충해 놓았으니 따로 사냥 세팅을 할 건 없었다. 우르힌 도시 북문을 통해 밖으로 나온 석영은 잘 닦인 도로를 통해 천천히 움직이기 시작했다.

도시를 나선 순간부터 사냥은 시작이다.

석영의 사냥은 스킬을 얻으면서 매우 많이 변했다. 솔플을 아예 못 할 거라고 생각했는데 이젠 괜찮다.

추적하는 화살[Tracking Arrow].

석영에게 아주 필요한 스킬이고, 타천 활의 효율을 극대화시키는 사기 스킬이다. 정신력 소모가 상당하다는 단점이 있지만 장점이 단점을 완전히 덮고도 남았다.

길을 걷는 도중 잔챙이들이 꽤나 보였다.

오크.

아직도 일반 유저들에겐 사신으로 통하지만, 석영에게는 그냥 잔챙이다. 그 이상도 이하도 아니었다.

처음이야 으르렁거리면서 다가오지만 타천 활 한 방이면 모두 뿔뿔이 흩어졌다. 타천 활의 마력에 겁을 먹고 튀는 것이다. 추적하는 화살, 그냥 편하게 유도샷 스킬을 더블샷과 함께 써서 도망쳐도 정리가 되지만 석영은 그러지 않았다. 어차피 오크를 잡을 생각이 없기 때문이다.

한참을 이동하자 나무가 점차 변하기 시작했다. 거기서 삼십 분 정도 걷고 나서야 원하는 지역에 도착했다

이정표에 적힌 지역 정보.

크레이지 베어(Crazy Bear) 서식지

라니아 유저라면, 라니아를 조금이라도 해봤다면 결코 잊을

수 없는 몬스터의 이름이다. 곰이라는 이름이 붙긴 하지만 이족 보행을 하고 때깔 좋은 우윳빛 피부를 자랑하며 뒤뚱뒤뚱 뛰는 게 나름 귀여운 놈이기도 하다.

'타격감이 찌는 놈이기도 하고.'

때리면 '우억! 우억!' 하는 임팩트도 괜찮은 놈이다.

이놈은 꿀이다.

각종 주문서는 물론 4~7서클까지의 몇몇 중급 마법서에 스킬까지 드랍하는 놈이다. 게다가 경험치까지.

'지금은 유명무실해진 시스템이지만 아이템은 꿀이지.'

무조건 잡아야 할 놈이다.

오늘 석영은 이놈들의 간을 볼 생각이다. 특히 가장 중요한 크레이지 베어, 미친 곰의 이속, 공속, 방어력은 중점 체크였다.

석영은 바로 움직이지 않았다. 이정표 뒤의 바위에 앉아 가만히 휴식을 취하며 아영을 기다리기로 했다.

아영이의 얼굴은 상당히 알려져 있다. 아니, 굉장히 알려졌다는 표현이 맞을 것이다. 무려 연예인이고 나름 톱급에 있는 애니까.

그리고 전장의 유린자와 한지원, 김아영의 이름으로 등록된 개미굴의 수가 무지 많았다. 우르힌 마을에서 실제로 아영을 알아보는 이들도 있었다.

한지원은 말할 것도 없다. 그래서 항상 후드를 뒤집어쓰고 다니는 둘이고, 되도록 이동할 땐 따로 이동하는 편이다.

우걱.

어제 사놓은 샌드위치를 꺼내 한입 무는 석영.

"이제 먹어?"

그리고 기가 막히게 아영이 등장했다. 석영은 놀라지 않았다. 어차피 발소리가 들렸으니까.

"왔냐?"

"응!"

폴짝 뛰어 석영의 옆에 앉은 아영이도 샌드위치를 꺼내 한입 덥석 물었다. 그런 모습에 석영은 털털함의 끝이란 아마 아영이일 거라 생각했다.

혹시 모를 추적을 피하려고 이른 아침에 출발한 두 사람이다. 밥도 당연히 안 먹었으니 샌드위치 세 개가 순식간에 사라졌다. 그리고 잠시 휴식을 취했다.

"언니는 어제 저녁에 나갔어."

"알아. 가기 전에 연락하고 갔어."

"어디 갔는지 오빠는 안 궁금해?"

"그러지 않기로 했으니까. 그리고 알아봐야 그게 좋을 것 같아?"

"아니."

단호하게 고개를 저으며 대답하는 아영이다.

한지원을 겪어봤다면, 정말 제대로 겪어봤다면 아영이가 보이는 반응은 아주 당연했다.

사람을 잡는 데 특화된 여자, 아니, 요원이라고 해야 할까?

그녀의 과거, 그건 절대로 알고 싶지 않았다.

"슬슬 갈까?"

"그래."

장비를 점검한 아영이 일어나 몸을 풀었다. 그리고 일, 이단 가속 물약을 쭉쭉 빨아댔다.

초록과 보라색의 빛이 아영의 전신에서 뿜어지더니 흡수됐다. 석영도 마시고 둘의 몸이 가벼워지자 아영이 앞장서기 시작했다. 둘의 사냥 방식은 전혀 변하지 않았다. 아영이 탱커 역할이고, 석영이 강력한 한 방의 딜러 역할을 한다. 이 심플한 조합은 최강의 위력과 효율을 자랑했다.

거기에 한지원이 있으면 그야말로 완벽하지만 오늘은 그녀가 없으니 강력한 조합일 뿐이다.

"찾았다."

모기 날개 소리만 한 목소리로 아영이가 말하자 석영은 타천 활의 시위에 천천히 손가락을 걸었다.

쿠릉, 쿠르릉.

이상한 울음소리가 들렸고, 저 멀리 수풀 너머로 미친 곰이 보인다. 외형을 한마디로 표현하자면 딱 이거다.

우웃빛 미친 곰!

하반신에 천 쪼가리 하나 걸친 미친 곰, 민머리 곰탱이가 나무 위에 매달린 이름 모를 과일을 따고 있다.

툭툭.

아영의 어깨를 두드린 석영은 바닥에 빠르게 글을 써 내려갔다.

주변 확인부터.

오키염.

짧은 대화 후 둘은 살금살금 흩어져 사방을 확인했다. 근 이십 미터 내에 미친 곰탱이는 없었다. 다시 만난 둘은 서로 고갯짓으로 대화한 후 마지막으로 같이 고개를 끄덕였다. 일단 아영이 먼저 천천히 거리를 좁혔다.

—쿠잉. 쿠웅?

그러자 바로 미친 곰이 고개를 갸웃거리더니 고개를 돌렸다. 그런데 그 순간 전혀 상상도 할 수 없는 걸 둘은 봐버렸다.

"헉!"

"허!"

아영은 헛숨을 들이켰고, 석영은 헛웃음을 흘렸다.

—쿠잉. 쿠잉?

아영은 어깨를 부들부들 떨었다.

헛웃음을 몇 차례나 더 흘린 석영은 허탈함에 가득 찬 한마디를 내뱉었다.

"와, 진짜 이건 아니지."

귀엽다.

정말 미치도록 귀엽게 생긴 얼굴이다. 특히 순정 만화에서 톡 튀어나온 그 눈망울이 코 위에 딱 박혀 있었다.

"어머어머, 이건 사야 해."

아영이는 결국 정신줄을 놓았는지 멍한 얼굴로 그리 중얼 거렸다.

"사긴 뭘 사. 정신 차려."

"어, 오빠."

아영이도 여자였다.

그것도 귀여운 것만 보면 사족을 못 쓰는 천생 여자였다. 두 눈에서 하트가 뿅뿅 날아다닌다.

석영도 이해했다. 보는 순간 남자인 자신까지 멈추게 만드는 극강의 귀여움. 순간적으로 심장박동이 확 올라갔을 정도이다. 그 정도로 핵귀염이었다.

—쿠잉?

"허읔!"

다시 고개를 갸웃거리며 나온 울음소리에 아영이 심장을 부여잡았다. 제대로 심장 어택을 받은 아영이다. 석영도 '와, 이건 사기네, 진짜' 하고 중얼거렸을 정도이다. 아영은 결국 못 참았다.

"귀여워! 너 얼마니?"

도도도!

양팔을 활짝 벌리고 달려가는 아영. 그 순간 석영은 봤다. 미친 곰의 입가에 미소가 살짝 걸리는 걸. 그건 마치 '계획대로'란 대사를 외치던 모 만화 캐릭터의 썩소와 아주 흡사했다.

흠칫!

이어서 본능적인 경고가 떠올랐다.

─쿠잉! 쿠잉! 쿠잉!

하지만 그건 착각이었나 싶을 정도로 금방 사라졌다. 그러나 석영은 이미 시위를 당기고 있었다.

"김아영! 돌아와!"

"꺄아아!"

그렇게 소리쳤지만 이미 아영이의 귀에는 들리지 않는 것 같았다. 거리는 순식간에 좁혀져 약 20미터 정도로 줄었다.

─쿠아앙!

그리고 10미터가 됐을 때 미친 곰탱이가 돌변했다. 귀엽던 얼굴이 순식간에 사라지고 두 눈에 흉포한 광기가 담겼다.

"헉!"

아영도 그 눈빛을 보고서야 정신을 차렸지만, 미친 곰은 이미 아영에게 돌진을 시작하고 있었다.

─쿠와앙!

괴성을 내지르면서 저돌적으로 돌진해 아영을 들이받았다.

'빌어먹을!'

투웅!

석영은 급히 타깃 스킬을 조합해 시위를 놨다.

"아놔, 썅!"

아영도 욕설과 함께 방패를 들어 올렸다.

터엉!

"왁!"

아영이 내민 방패를 미친 곰이 그대로 들이받았고, 아영은 붕 떠서 뒤로 날아가 나무에 부딪쳤다. 그리고 그 순간 석영의 쏜 무형 화살이 미친 곰의 몸통을 노리고 들어갔다.

슈가악!

―쿠워!

날아오는 무형 화살에 피할 생각도 하지 못한 미친 곰이 그대로 경직됐다. 가슴 앞에서 솟구친 화살은 정확히 목에 꽂혔다.

퍼걱!

둔중한 적중 소리.

―크르르!

쿵!

역시 타천 활은 크레이지 베어의 방어력도 단방에 뚫어버렸다. 목이 뚫렸으니 즉사감이었고, 곰은 그 육중한 몸을 둔탁한 소음과 함께 대지에 뉘였다.

석영은 바로 아영에게 달려갔다. 나무 밑에 처박혀서 죽은 듯이 미동도 없는 아영을 잡고 흔들었다.

"야, 아영아! 김아영!"

멍하니 뜬 눈꺼풀 속 눈에는 빛이 없었다. 마치 뇌진탕에라
도 걸린 것 같았다.

석영은 바로 포션을 꺼내 아영의 입에 흘려 넣었다. 두 개나
먹이고 이어서 다른 상처는 없는지 확인했다. 머리 뒤쪽으로
찢어진 상처가 눈에 들어왔다. 석영은 바로 그 상처에도 포션
을 부었다. 다행히 크게 찢어진 상처는 아니었다. 포션이 닿자
거품이 끓더니 상처가 아물었다. 하지만 아영은 의식이 없었다.

'숨은 쉬고 있는데?'

분명 평소보단 약하지만 숨은 제대로 쉬고 있었다. 가슴의
기복도 있다. 그런데 눈빛이 생기 잃은 썩은 동태 눈빛이다.

'진짜 뇌진탕인가?'

그렇다면 위험했다.

의학 지식에 해박하진 않지만, 뇌진탕은 잘못하면 뇌출혈까
지도 일으킬지 모른다.

'머리 상처를 그냥 둬야 했나?'

단순히 두피가 찢어진 게 아니라면? 안에서 출혈이 계속되
고 있다면? 별의별 생각이 다 들었다.

지극히 단순한 고민이지만 현 상태에서 해결할 수 없는 고
민이기도 했다. 석영은 일단 아영을 들어 안전한 장소를 찾아
논 피케이 존을 설정했다. 마을로 데리고 가고 싶어도 아영이

까지 데리고 갈 방법이 없었다. 게임의 설정이 가미된 세상이
지 게임이 아닌 곳이다.

모든 행동은 아영이 직접 해야만 했다.

일단은 천을 꺼내 찬물에 적셔 아영의 이마에 올려놓았다.

"후우."

골 때리네, 진짜.

단방에 의식불명 상태에 빠졌다.

그 정도의 타격이라면 아예 게임 오버가 되어야 정상 아닌가?

"또 진화한 거냐? 빌어먹을, 리얼 진짜."

그저 허탈할 뿐이다.

하지만 그것도 잠시, 갑자기 싸한 감각이 석영을 찾아왔다.

"이거 설마 여기서 부상당하면 현실에서도 적용되는 건가?"

높다.

그럴 가능성이 매우 높았다.

지금 아영이의 상태를 보면 로그아웃을 하고 현실로 나간
다고 해서 이곳에서 입은 상처가 회복될 것 같진 않았다.

"만약 정말 그렇다면……."

뒤이어 드는 불길한 상상에 석영은 몸서리를 쳤다.

생각해 보자.

리얼 라니아에서 입은 상처가 현실로도 옮겨진다.

그렇다면…….

"게임에서 죽으면?"

소름이 확 끼쳤다.

게임에서 죽으면 이 역시 인생 퇴장이다.

이런 미친…….

"제정신인가?"

욕지기가 확 올라왔다.

이건 굉장히 중요한 일이란 생각이 들었고, 석영은 아영을 깨우기 시작했다.

"일어나, 아영아!"

그러나 묵묵부답이다.

아영이는 아직 의식이 없었다. 석영은 더 흔들까 하다가 지금 아영이의 상태로는 괜히 잘못 건드려선 안 된다는 생각이 또다시 들어 결국 손을 뗐다.

"미치겠네, 진짜."

그렇다고 아영이를 두고 어디 가서 연락을 할 수도 없었다. 논 피케이 존을 설치하긴 했지만 혹시라도 제대로 작동을 안 하면? 결국 석영은 마냥 기다리는 것밖에 할 수 있는 게 없었다.

그렇게 혼자 기다리길 삼십 분이 지나자 아영이 깼다.

"으음."

석영은 바로 일어나 아영에게 다가갔다.

"으으."

신음을 흘린 아영이 머리통을 부여잡고 일어나 주변을 두리번거렸다.

"어으, 여긴······."

"미친 곰 숲."

"아, 맞다, 귀요미. 그게······."

사태 파악이 되는지 인상을 잔뜩 찡그린 채 곰탱이, 귀요미, 그놈 시끼, 짜증 나 등등을 연달아서 뱉어냈다.

"잡았어요?"

"응. 인벤에 챙겨놨어."

"아, 짜증 나. 씨발."

아영이의 표정은 아주 험악했다.

누가 봐도 화가 났다는 게 딱 보일 정도로 완전히 일그러져 있었다. 흉흉한 눈빛은 덤이다. 그러나 워낙에 외모가 뛰어나서 그런지 표독스럽다기보다는 사랑스럽다고 해줄 사람이 더 많을 것 같다.

하지만 지금은 그런 게 중요한 게 아니고.

"당장 마을로 돌아가자."

"네? 왜요? 그 미친 곰탱이들 족쳐야지 가긴 어딜 가요?"

"확인해 볼 게 있어서 그래."

"확인요?"

아영이의 되물음에 석영은 굳은 얼굴로 고개를 끄덕였다. 그런 석영의 모습에 아영도 뭔가 심상치 않음을 감지했는지 따라서 고개를 끄덕였다.

귀환 주문서를 찢어 마을로 돌아온 석영은 바로 아영에게

다가가 말했다.

"바로 로그아웃해."

"어, 알았어요."

두 사람은 신녀를 통해 바로 현실로 돌아왔다. 밖으로 나온 석영은 아영에게 바로 전화를 걸었다.

잠깐 신호가 가다가 이내 멈추고 아영의 목소리가 들렸다.

—응, 오빠.

아깐 '네' 하더니 이젠 '응'이다.

참 제멋대로인 아이라는 생각이 들었지만 지금은 자신이 아까 떠올린 가설이 훨씬 더 중요했다.

"머리 어때?"

—머리… 요?

"응. 아직도 아파? 웅웅 울리고 그래? 통증이 남아 있냐고 묻는 거야."

—그게… 아프죠. 일어난 지 얼마나 됐다고 말끔히 가시겠어요?

"…확실해?"

—그럼 이걸로 구라 쳐서 뭘 얻겠어요.

"…미치겠다, 진짜. 알았어. 기다려라."

—응? 네? 오빠? 오빠!

뚝.

석영은 전화를 끊었다.

골이 지끈거려 왔다. 혹시나 하던 게 현실이 되어버렸다.

석영은 바로 밖으로 나갔다. 시간이 많이 흘러 어느덧 10월. 이제는 시골의 싸늘한 칼바람이 석영을 반겼다. 아영의 집으로 바로 가니 현관문 앞에 노름이 보인다.

'어떻게 이쪽으로 옮겨 온 거지?'

신기할 뿐이다.

똑똑.

벌컥!

문을 두드리자마자 바로 열렸고, 아영이 아직 통증이 남은 얼굴로 서 있다.

"왜요?"

"바쁘냐? 그런 것부터 묻게?"

"아, 들어와요."

안으로 들어가 눈에 보이는 소파에 앉은 석영. 반대편에 아영이 앉자 석영은 바로 물었다.

"확실히 얘기해 봐. 진짜 아직도 아파?"

"응, 귀는 웅웅거리고 시야도 살짝 뿌연 느낌이 있어요."

"하아, 아영아, 지원 씨한테 연락해. 급하다고. 당장 돌아왔으면 좋겠다고."

"아, 뭔데 그러냐고요? 나도 좀 알고! 그래야 설명을 해서 언니를 부르든가 말든가 하죠!"

"하긴, 그게 먼저겠네."

석영도 지금 정리가 안 되는 상황이라 선후를 제대로 바꿔 먹었다. 자세를 고쳐 잡고 진지한 눈빛으로 아영이를 봤다. 그러자 그녀도 석영처럼 변했고, 석영은 자신이 지금 이러는 이유를 말하기 시작했다.

"넌 게임에서 부상당했어. 그로기 상태가 아닌 빈사, 기절 상태에 빠졌지."

"응, 그랬지."

"깨어났지만 머리가 웅웅 울리고 통증도 아직 남아 있어. 그렇지?"

"응, 그렇지."

"그리고 로그아웃을 했는데도 통증은 여전히 남아 있어. 확실하지?"

"응, 확실하지."

말 잘 듣는 유치원생처럼 대답하는 아영. 아영은 참 두뇌 회전이 느리다. 이 정도 얘기를 했으면 한지원은 단박에 알아들었을 것이다.

답답함에 한숨이 나왔다.

"게임 속 부상이 현실까지 쫓아왔다고. 뭐 걸리는 게 없냐?"

"아, 그러니까 그게 뭐냐고요?"

"너 죽었으면?"

"네?"

"게임 오버 당했으면?"

"그거야 일주일 접속 불… 어?"

"이제 좀 감이 잡히냐?"

"설마… 리얼 라니아에서 죽으면 현실에서도 죽는다는… 거예요?"

아영이의 넋 나간 질문에 석영은 대답을 피했다. 아니, 미뤘다. 이건 지금 시점에서 확신할 수 있는 문제가 아니었기 때문이다.

"오빠, 잠깐. 그럼 나 지금 죽을 뻔한 거예요? 그 미친 곰탱이한테?"

"아마도."

"우와, 좆 될 뻔했네요?"

그래, 그런 말이 나오는 것도 이해할 수 있는 석영이다. 석영이 이어서 손으로 귀에 휴대폰을 가져가는 시늉을 하자 아영은 바로 한지원에게 전화를 걸었다.

잠시 통화를 한 뒤 돌아온 아영은 멍한 표정으로 입을 열었다.

"좀 걸린 대요. 일이 밀려서."

"언제까지?"

"새벽쯤? 그때쯤 온다는데요?"

"그래, 알았다. 일단 너도 병원부터 갔다 와. 충격이 남았으니 검진을 받아보는 게 좋을 것 같다."

"알았어요. 충주 시내로 나가면 되나?"

"응. 건대는 되도록 가지 말고."

"왜요?"

"가지 말라면 그냥 가지 마. 구구절절 설명해야 되냐?"

"뭐, 그래주면 좋긴 하죠. 알았어요."

아영은 그렇게 대답하고는 바로 이 층으로 올라갔다. 석영은 아영의 집을 나서서 자신의 집으로 돌아왔다.

그리고 바로 라니아 게시판에 접속해 보았다.

게시판을 집중해서 훑어봤지만, 아직 자신이 겪은 일과 같은 내용의 글은 올라오지 않았다. 석영은 고민이 됐다.

"음……."

올려?

말아?

하지만 그 고민은 금방 지워졌다.

띠링.

아영에게 메시지가 왔기 때문이다.

[오빠, 지금 게시판에 겪은 일 작성 중!]

피식.

이런 쪽으로 눈치는 그래도 나쁘지 않은 편이다. 석영은 아이템 검색에 들어갔다. 예전에는 나온 물량이 없었지만 이제는 제법 아이템 거래가 활발해지고 있었다.

아이템 재료=골드, 주문서.

이런 식이다.

실질적 화폐는 골드와 함께 강화 주문서가 포함된 지 오래였다. 주문서의 가치가 워낙에 올라갔다. 골드는 10만에 주문서 한 장을 살 수 있으니 화폐의 역할은 여전히 수행하고 있었다. 아이템의 가치도 높았다.

강화를 시키면 그 성능은 확실히 보장하는 게 아이템이고, 그건 그대로 생존과 직결된다.

'특히 접두사가 붙은 아이템들.'

예전 빌의 사냥꾼 세트처럼 아이템 앞에 접두사가 붙은 아이템들이 효율이 좋았다.

하지만 그만큼 희귀했다. 지인끼리만 거래할 뿐 아직 공개 거래로 나온 물량은 그렇게 많지 않았다. 나온다고 해도 가격이 장난이 아니었다. 물량이 없으니 시세도 제대로 형성이 안 된 판이다. 그러니 부르는 게 값이었다.

석영은 창고에 있는 아이템을 떠올려 봤다.

'음, 지금 다 처분하면 주문서 천 장 정도는 나올까?'

아마 훨씬 더 나올 것이다.

접두사가 붙은 아이템 중 민첩과 방어에 관련된 것들은 모두 석영이 쓰고 있었다. 그 외에 아영과 한지원에게 필요한 건 적당한 가격에 줬다. 그래도 남은 게 꽤 많았다. 지금은 창고 자리만 차지하고 있을 뿐이라 석영은 슬슬 정리할 때가 됐다고 생각했다. 물론 말 그대로 슬슬이다, 슬슬.

시세도 제대로 형성 안 된 아이템을 가격 후려쳐서 팔고 싶은 마음은 없었다.

그렇게 한참을 아이템을 검색하는데 휴대폰이 다시 울었다.

"왜?"

―오빠! 티브이! 티브이!

"티브이?"

―응! 지금 심의명 군주, 생방으로 기자회견 중이에요!

"근데 그게 왜… 아아, 알았어."

뚝.

전화를 끊은 석영은 바로 거실로 나가 티브이를 틀어 공중파로 채널을 맞췄다. 긴급 기자회견. 잔뜩 군은 심의명 군주와 비슷한 표정의 수많은 기자들. 광기에 휩싸인 군중처럼 수십 개의 질문이 날아들었고, 심의명은 한 명씩 지목해 가며 기자회견을 이어나가고 있었다. 기자회견 내용은 석영이 걱정하던 부분을 딱 꼬집어 얘기하고 있었다.

"역시……."

잔뜩 군은 얼굴로 중얼거리는 석영.

피해자가 발생했다.

정의혈맹 소속의 유저 다섯이 고블린 부족장 레이드에 들어갔다. 그러나 탱커가 제 역할을 못했고, 힐러의 힐이 제 타이밍에 들어가지 않아 탱커가 죽어버렸다. 문제는 여기부터이다.

보통 죽으면 그 자리에 누웠다가 빛 무리에 싸여 사라진다.

'여기까진 똑같아.'

그런데 밖으로 튕겨 나온 탱커가 죽은 채로 나왔다.

쇄골부터 허리까지 갈려 핏덩이가 된 채로 나왔다. 그럼 파티에 소속된 다른 유저들은?

모조리 죽었다.

탱커 다음은 딜러 셋이었고, 마지막으로 힐러가 죽어 현실로 튕겨 나왔다. 이를 발견한 건 가족이고, 경찰과 정의혈맹에 바로 연락했다. 이는 바로 정부 관계자를 만나고 있던 심의명에게 전달되었고, 진상을 파악한 그는 지체 없이 기자회견을 열었다.

여기까지 딱 두 시간이 걸렸다. 정의혈맹다운 일 처리나 지금은 이 역시 중요한 게 아니었다. 심의명이 하는 말이 지금 석영의 귀로 하나도 들어오지 않았다.

"미친 거냐, 리얼 라니아!"

스스로 진화한다는 것이야 알고 있었다.

알고 있었다고.

"하지만 이런 중대한 사항이면 최소한 공지는 해줄 수 있잖아!"

이제는 목숨을 걸어야 한다는 소리와 대체 뭐가 다른가?

현실에서도, 리얼 라니아에서도, 양쪽 세상에서 목숨을 위협받게 생겼다. 사냥 실패는 죽음이다.

이제부터는 게임이 아니었다.

"아니, 데스 게임이라 할 수 있겠지."

열불이 터질 정도로 지랄 같은 진화였고, 덕분에 애로 사항이 아주 꽃망울을 제대로 터뜨려 주셨다. 이건 석영도 깊게 생각해 봐야 할 문제였다. 리얼 라니아는 죽지 않았기 때문에 즐겼다. 선두에 서서 그 누구보다 빠르게 성장했다.

물론 타천 활의 버그가 가장 큰 몫을 했다. 그러나 이젠 그것도 죽을 각오로 써먹어야 하는 판이 되었다.

다시 방으로 돌아와 게시판을 새로 고쳐보았다.

예상대로 난리가 났다.

게임 속의 죽음이 현실의 죽음으로 이어진다.

현실 속의 죽음 또한 게임 속의 죽음으로 이어진다.

이러나저러나 양쪽 어디에서든 죽으면 그냥 게임 오버.

진심 최악의 진화, 업데이트에 유저들은 그야말로 들불처럼 일어났다. 이번 몬스터 소환도 정말 최악이었는데 이건 더 최악이었다.

"벌써……."

게임을 접는다는 글이 심심찮게 올라오고, 그 글에 동조하는 이들도 기하급수적으로 늘어나고 있었다. 이해 못 하는 건아니다. 누구도 목숨을 담보로 게임을 하고 싶진 않을 테니까.

"이거……."

그냥 지켜볼 문제가 아니었다.

이대로 두면 유저의 수는 줄고, 그건 다음 몬스터 소환에 제대로 대응을 못 한다는 뜻이다. 그리고 그건 분명 본인의 목숨까지 위협할 거라 석영은 확신했다.

그 때문일까?

석영의 눈이 깊게 가라앉기 시작했다.

episode 17
정의군주 심의명

한지원은 새벽 두 시에 왔다.

대한민국에, 아니, 전 세계에 떨어진 폭탄 때문에 석영과 아영은 조금도 편하게 쉬지 못했다. 이건 거의 모든 유저 또한 마찬가지일 것이다. 아, 물론 감정이란 이름을 가진 덩어리에 크게 상처 난 놈들은 빼고.

"오면서 다 확인했어요."

아영이 내온 차를 한 모금 마신 한지원의 첫말. 피곤한지 평소보다 나른한 어조이다.

"우와, 언니, 나 오늘 죽을 뻔했어요."

"문자 봤어. 미친 곰한테 거하게 당했다며?"

"네, 완전 귀엽게 생겼거든요? 근데 그 얼굴이 낚시용 얼굴인 거 있죠?"

"전형적인 사냥이네. 미인계와 거의 비슷해. 아니, 이 경우는 귀염계인가?"

"오! 그거 말 되네요. 귀염계!"

좋단다. 그 귀염계인가 뭔가 때문에 요단강을 건널 뻔하고서도 말이다.

한지원은 아영이의 머리를 쓰다듬어 준 후 고생했다고 짧게 말하고 석영을 돌아봤다.

"이제 석영 씨는 어떡할 건가요?"

"음, 생각 중입니다."

"결정은 아직 안 났겠죠?"

"네."

이건 굉장히 신중하게 생각해야 할 문제였다. 그것도 매우 신중하게, 돌다리가 아니라 넝쿨을 엮어 만든 다리라도 두드리는 심정으로 고민해야 할 문제였다.

"근데 진짜 죽는 게 확실할까요?"

아영이가 느닷없이 뱉은 말.

그래, 좋은 의심이다. 뭐든 의심해서 나쁠 건 없었다.

하지만 지금은 타이밍이 영 안 좋았다.

픽 웃은 한지원이 고개를 나른하게 저었다.

"아영이 네가 이미 확인했다며? 그걸 석영 씨도 같이 봤고.

그리고… 심의명 군주가 직접 기자회견을 열었어. 그 양반이 어떤 양반인지는 잘 알잖아?"

"아……!"

아영은 단박에 이해했다.

정의혈맹 군주 심의명.

그 이름은 특별했다.

라니아에서도 그랬지만 리얼 라니아에서는 더더욱 특별했다. 그를 한마디로 표현하자면 딱 이렇게 표현할 수 있었다.

정의의 화신.

오직 정의, 그 기치를 위해서만 움직이는 게 바로 심의명이다. 그러니 그가 절대 헛말을 하진 않았을 것이다. 그것도 수십 명의 기자를 모아놓고 생방송에서 말이다.

"후우."

석영의 입에서 짧은 한숨이 흘러나왔다. 죽음, 그 단어가 가진 무게에 짓눌려 나온 한숨이다. 석영은 아웃사이더이지만 사이코패스는 아니다. 감정 덩어리 어딘가에 흠집이 나지도, 길쭉하게 찢겨 나가지도, 그렇다고 구멍이 뻥 뚫리지도 않았다. 그래서 죽음이란 무게를 제대로 느낄 수 있었다.

석영이 당초 리얼 라니아를 달리려 마음먹은 이유는 게임처럼 부활이 가능했기 때문이다. 고통은 따르지만 다시 살아날 수 있으니까. 간접 체험만 할 뿐이지 영영 뒈지는 건 아니니까 빠르게 마음먹은 것이다.

그러나 지금은 상황이 완전히 돌변해 버렸다.

지이잉, 지이잉.

뜬금없이 울리는 진동 소리.

셋이 일제히 자신의 폰을 바라봤다.

"어, 내 거다."

아영이의 폰이었다.

"근데 모르는 번혼데?"

우우웅, 우우웅.

묘하게 다른 진동 소리가 다시 들리기 시작했다. 이번엔 석영의 폰이었다. 곧이어 한지원의 폰도 울리기 시작했다.

"……."

"……."

"……."

말이 되나, 셋의 폰이 일시에 울린다는 게?

게다가 전부 모르는 번호다.

당연히 받지 않았다.

그러니 당연히 부재중으로 돌아갔다가 다시 아영이의 폰만 울렸다. 아영이 어찌할까 하는 표정으로 한지원을 바라보자.

"받아. 스피커폰으로."

그녀가 답을 줬다.

"네."

능숙하게 폰을 스피커폰으로 돌리고 그대로 통화 연결을

눌렀다.

"여보세요?"

―김아영 씨 핸드폰 맞습니까?

아영이 답하기 무섭게 묵직한 중저음의 목소리가 들려왔다.

"네, 맞는데……."

―안녕하십니까. 나 심의명입니다.

"……."

아영이 놀라 한지원을 바라보는 순간, 그녀는 바로 손을 뻗어 통화 종료를 눌렀다. 그리고 입가에 피식 올라오는 조소.

"생각보다 약삭빠르기도 하네요, 심의명 이 사람."

그게 무슨 말?

이번에는 석영도 이해를 못 했다.

하지만 곧 밝혀졌다.

기다려 보라는 말에 마냥 기다렸더니 이십 분이 조금 더 지나자 갑자기 헬기의 프로펠러 도는 소리가 요란스럽게 울리기 시작했다.

두두두두!

석영은 거기서 알아차렸다.

'역시…….'

아니, 이미 전에 알아차렸다.

아영만 몰라 발을 동동 구르다가 프로펠러 소리에 놀라 몸을 흠칫 떨었다.

새벽이다. 아주 늦은 새벽. 그런데 느닷없이 프로펠러 소리가 온 천지에 진동한다. 대충 생각해 봐도 그때 일의 연장선상이다.

한지원을 힐끔 보니 그녀의 표정이 전에 없이 싸늘했다. 나른한 한지원은 사라지고 예전 국정원과 전담 팀을 조질 때의 한지원만 남아 있었다.

그런 한지원이 자리에서 느릿하게 일어났다. 그리고 챙겨 온 장비를 착용하고 전투 준비를 시작했다.

이쯤 되면 척 하고 움직여 줘야 한다.

석영이 먼저 장비를 갖춰 입자 아영도 급히 장비를 챙겨 능숙하게 다 갖춰 입자 한지원이 말했다.

"나가보죠."

"네!"

"……."

석영은 말없이 고개만 끄덕였다.

인생이 아주 드라마틱하게 변하고 있었다. 한 이삼 년 전 게임만 하던 시절이 급 그리워졌다.

밖으로 나가니 거센 바람이 석영을 반겼다. 손으로 눈을 가리며 하늘을 보니 영화에 자주 등장하는 수송 헬기가 밝은 빛을 뿌리며 떠 있고, 줄을 타고 세 사람이 천천히 내려왔다.

첫 번째로 내린 남자의 얼굴을 본 석영은 역시나 하는 생각이 들었다.

'심의명…….'

정의혈맹 군주가 뜬금없이 찾아왔다.

내려온 그는 빠른 걸음으로 저벅저벅 다가왔고, 과하지도 그렇다고 부족하지도 않을 정도로 허리를 숙였다.

"심의명입니다."

이어서 나온 목소리는 단단했다.

한지원은 답을 하지 않았다. 서늘한 눈빛으로 심의명을 바라볼 뿐이다.

그런 심의명 뒤에 서 있는 일남 일녀. 사실 보통은 여기서 발끈해 줘야 정상이지만 과연 심의명의 측근다웠다. 평정을 유지한 얼굴로 그저 조용히 서 있을 뿐이다.

"늦은 시간에 찾아뵙게 되어 너무 죄송합니다. 하지만 사안이 사안인지라 더 이상 기다릴 수가 없었습니다."

"그 이전에 우리 번호는 어떻게 알았지?"

한지원의 입에서 존대가 아닌 반말이 나왔다. 거기다 그때 양홍식을 조질 때의 어조이다. 이건 언제고 한지원이 심의명의 턱을 돌려 버릴 수도 있다는 뜻이다. 심의명이 정의혈맹의 군주든 뭐든 한지원이 작정하면 손 몇 번 섞기도 전에 의식을 잃고 대가리를 땅에 처박을 것이다.

"죄송합니다. 사실 이번 부탁은 원에서 받았습니다."

"원? 아아, 그 새끼들? 진짜 하는 짓 마음에 안 드네."

원이란 말에 석영은 단박에 심의명이 어떻게 여기를 알고 찾아왔는지 알아차렸다. 물론 왜 찾아왔는지에 대한 건 아직 불명이다.

"잠잠하다 했더니……. 가서 얘기해. 대가리가 직접 오라고."

"원의 부탁도 있지만 개인적인 방문 사유도 있습니다."

"개인적인 사유라……."

심의명은 정중했다.

어조, 몸짓, 눈빛까지 그 어느 것 하나 사람을 불쾌하게 만드는 게 없었다. 그는 자신의 잘못을 아주 잘 알고 있었다. 그래서 나오는 저자세. 그건 진심이었다. 적어도 석영이 보기에는 그랬다.

한지원이 석영을 돌아봤다.

"어떡할래요?"

심의명에게는 반말이었지만 석영에게는 존대이다. 이 또한 기분 나쁠 만도 하지만 심의명의 표정 변화는 없었다.

"들어는 보고 싶군요. 현재 대한민국에서 가장 파급력이 높은 사람 중 하나인 정의혈맹의 군주가 왜 우리를 찾아왔는지."

그녀는 가벼운 미소와 함께 고개를 끄덕였다. 이어서 다시 시선은 뻘쭘하게 서 있는 아영이에게 향했다.

"아영이 너는?"

"네? 아, 저도요."

"그래."

스윽.

한지원의 시선이 다시 심의명에게 돌아갔다. 하지만 반대로 몸은 돌고 있었다. 턱을 까딱여 들어오라 하고는 앞장서 석영의 집으로 들어갔다. 아까 소파에 앉아 있을 때와는 완전히 다른 여자다.

'이 여자는 존재 자체만으로도 주인공이지.'

그렇게 생각하니 이제는 놀랍지도 않았다.

안으로 들어가 자리를 잡고 앉았다. 차는 자연스럽게 아영이가 준비했고, 각자의 앞에 찻잔이 놓이자 분위기가 조금 풀렸다. 하지만 그것도 잠시, 한지원이 소리 나게 잔을 내려놓고 발을 꼬는 것과 동시에 다시 쭉 가라앉았다.

"한지원이에요."

그녀가 존대를 했다. 이건 대화를 할 준비가 됐다는 뜻이다. 팰 거였으면 양아치처럼 반말을 찍찍거리는 그녀니까.

"정석영입니다."

"기, 김아영이에요."

아영이는 긴장했나 보다.

소개가 끝나자마자 심의명이 고개를 꾸벅 숙였다.

"심의명입니다."

"심상운입니다."

"심상미예요."

심 씨?

그러고 보니 닮았다.

"제 최측근으로 아들과 딸입니다, 하핫!"

그렇게 아들과 딸을 보며 사람 좋게 웃는 심의명이다.

피식.

한지원은 그 소개에 한차례 웃고는 꼬았던 발을 풀었다.

"훗, 가식은 아니라는 건가?"

그렇게 혼잣말을 하고는 다시 찻잔을 들어 입으로 가져갔다.

석영은 그 말에 순간 깨달았다. 존대는 했으나 발을 꼼으로써 다시 한번 도발을 걸었다는 것을. 그런데 심의명이 말리지 않자 그냥 발을 푼 것이다. 혼잣말은 그녀가 심의명을 인정했다는 뜻으로 받아들이면 될 것이다.

'진짜 끝을 모르겠군.'

석영은 고개를 절레절레 저었다.

"원에서 뭘 부탁했죠?"

"설득을 했지만……."

했지만?

심의명의 표정에 불쾌감이 깃들었다.

"그런 구질구질한 짓에 어울려 주고 싶은 마음은 없습니다."

"호오, 그러면서 여기는 찾아왔네요?"

"말했듯이 제 개인적인 이유로 세 분의 연락처와 이곳 장소에 대한 정보가 필요했습니다."

"그래서 받는 척했다?"

"네."

"후후, 공명정대하기로 유명한 정의 혈맹주께서… 의외네요."

"지금은… 그런 걸 따질 때가 아니니까요."

"따질 때가 아니다. 그럼 어디 무슨 용건이 있어서 스스로의 정의까지 어겨가며 찾아왔는지 들어볼까요?"

"흠흠……."

심의명이 목을 가다듬고 입을 열려는 찰나, 한지원이 손을 내밀었다.

"아, 이 말은 해둘게요. 혈맹에 들어오라느니 마느니 이런 개소리는 제발 하지 마세요. 너무 실망할 것 같으니까."

"하핫, 당연히 그런 이유는 아닙니다."

"그럼 어디 말해보세요."

다시 목을 가다듬는 심의명.

이어서 상체를 꼿꼿하게 세우고 입을 열었다.

"교관을 맡아주십시오."

교관?

석영은 물론 아영의 시선까지 한지원에게 향하는 찰나.

"거절할게요."

답이 먼저 흘러나왔다.

그러나 심의명이 이어진 말도 바로 나왔다.

"다시 부탁드립니다. 전투간……."

"그만, 거기까지."

씨익.

한지원의 입가에 미소가 그려지는 순간, 온도가 뚝 떨어졌다. 영상 25도를 유지하고 있던 집이 갑자기 영하로 떨어진 기분이다. 그렇게 만든 장본인이 다시 입을 열었다.

"당신, 누구니?"

대낮의 사막에서 갑자기 한밤의 시베리아 한복판으로 떨어진 것 같다. 물론 비유지만 그 정도로 정신적으로 와닿는 분위기가 급변했다.

'터지겠네, 또.'

드륵.

의자를 밀어내고 일어난 석영은 뒤로 몇 발자국 떨어졌다. 아영도 이번엔 눈치 빠르게 석영의 앞으로 막아섰다.

어느새 둘의 손엔 도끼와 방패, 그리고 활이 쥐어져 있었다. 아직도 타천 활은 꺼낼 수 없어서 +8까지 질러놓은 레이의 크로스보우가 쥐어져 있다. 8까지 질러놓아도 어차피 타천 활의 발바닥에도 못 따라오지만 어쩔 수 없었다. 타천 활은 이 셋이 아니면 무조건 숨겨야 하니까.

여하튼 석영과 아영이의 행동에 안 그래도 떨어진 공기가 더 떨어졌다. 누가 봐도 전투 준비를 하고 있는 모습이기 때문이다. 하지만 심상운과 심상미는 움직이지 않았다. 어떤 말을 들은 건지, 어떤 교육을 받은 건지 심의명의 뒤에서 자리를 지키고 있었다.

"대답 안 할 거야?"

한지원의 목소리도 변해 있었다.

존대는 다시 사라지고 슬며시 말려 올라간 입술 사이를 비집고 나오는 말은 사근사근했지만 석영은 알 수 있었다.

'터지기 일보 직전. 그때 딱 저렇게 종잡을 수 없이 변하지.'

이미 몇 번이나 겪어봤으니 알 수 있었다.

"비슷한 곳에 있었습니다."

"비슷한 곳?"

"잠시나마 김… 소장님 밑에도 있었습니다."

"호오!"

한지원이 묘한 콧소리를 냈다.

그러나 석영은 그 순간 시위를 걸어 당겼다. 사람인데 쏘려고?

'어쩌라고……'

이미 국정원과도 척을 졌다.

그렇다고 한지원을 말릴 수 있는 상황도 아니다. 아니, 말릴 수 있는 사람이 없다.

피식.

"지금 그거 믿고 이러는 거야?"

"한지원 씨, 지금 대한민국의 상황이 매우 좋지 않습니다. 그건 잘 알고 계시지 않습니까?"

심의명의 존대가 더 올라갔다.

아예 상전을 대하는 말투다.

"알아. 근데 그게 나랑 무슨 상관인데?"

"한지원 씨, 부……."

휙!

스각!

한지원이 던진 뭔가가 심의명을 볼을 스치며 심상운과 심상미 사이를 비집고 지나갔다. 눈에 보이지도 않을 정도의 암습이다.

"자꾸 개소리 꺼내……."

"죄송합니다."

천하의 심의명이, 정의혈맹이라는 거대한 현실의 단체를 이끄는 그가 고개를 숙였다. 그것도 진심으로. 이건 일대 사건이었다. 현재 대통령만큼이나 국제적으로 영향력 있는 인물이 그였기 때문이다. 아, 물론 학살 길드 군주도 마찬가지이다. 물론 나쁜 쪽으로 말이다.

스윽.

한지원의 상체가 섰다.

게다가 다리도 척 꼬았다.

전투를 생각한다면 극히 좋지 않은 자세지만, 한지원이 하니 별로 불안해 보이지 않았다. 예전 대화를 들어서 그런가, 석영은 용케도 대화를 따라가고 있었다.

'소장……. 연구소 소장은 아니겠지. 그렇다면 남은 건 군.

좀 전에도 부대라는 말을 하려 한 것이고.'

부정은 하지 않았다. 단지 말을 못 하게 했을 뿐이지. 그럼 한지원이 군 출신이라는 게 밝혀지는 순간이다. 하지만 대충 예상하고 있던 것이니 그렇게 놀랍지는 않았다. 다만 심의명이 와서 이렇게까지 할 정도의 존재였다는 건 놀라웠다.

"그리고 내가 누군지 알았다면… 아가리 닥치고 덮어둘 것이지 그걸 이용해 처먹으려고 해? 감히… 내게?"

으르렁!

여인이라면 보통 고양이나 아기 강아지 같은 느낌이어야 하는데 한지원의 낮은 말은 포식자의 으르렁거림과 매우 비슷했다. 늑대? 여우? 아니, 그 이상이었다. 최소한 호랑이, 그 정도였다.

살벌한 기세 때문일까? 심의명은 잔뜩 굳은 얼굴로, 자세도 경직되어 있었다.

스윽.

한지원의 상체가 좀 더 앞으로 내밀어졌다.

"내가 어디 출신인지 알면 내 앞에서 이러면 안 된다는 건 기본으로 알아야 할 것 아냐?"

"죄송……."

"죄송하단 말은 그만하고, 알았으면 꺼져, 그냥."

"정말 죄송… 합니다만, 정말 급합니다."

피식.

석영은 이번 말에서는 좀 의아했다.

'심의명이 대가리를 처박을 정도로 대한민국의 상태가 안 좋던가?'

그건 아니었다.

이번 몬스터 소환도 가장 먼저 정리했고, 유저들의 수준도 착실히 올라가고 있었다.

그런데 왜? 이렇게만 간다면 더 이상 나빠질 거 없을 텐데?

이런 석영의 마음은 일차원적인 것이었다.

국내 한정으로 고려하고 생각한.

이걸 세계로 돌리면 얘기가 완전히 달라진다.

"어디야? 또 그 깡패 새끼들이야?"

"네……."

"하여간 이 새끼들은… 세계의 경찰은 개뿔, 돈 많고 주먹 잘 쓰는 양아치 새끼들이지."

한지원의 표정에 짜증이 서렸다.

깡패 새끼들.

"거기뿐만이 아닙니다. 불곰이랑 신사, 전차, 혁명까지 나섰습니다."

전혀 이해가 안 가는 건 아닌 단어들. 석영은 그 단어에서 몇몇 국가를 떠올렸다.

'처음 나온 깡패는 미국, 불곰은 러시아, 신사는 영국이겠고… 전차는 독일, 혁명은… 프랑스?'

현 패권 국가들이다.

대한민국이 유저가 아무리 많다고 해도 이 다섯 국가의 압박을 버티는 건 쉬운 일이 아니다. 그건 정치, 외교에 아무런 관심도 없는 석영도 알 수 있었다. 심의명이 이렇게 나오는 이유를 어쩐지 알 수 있을 것 같았다.

"이홍성이 빠진 게 의외군."

"그쪽은 지금 압박 같은 걸 할 여력 자체가 없습니다."

"그렇다 치고, 근데 당신, 정부 사람이었나?"

"아닙니다. 출신… 일 뿐입니다."

"출신이라……."

피식.

한지원은 고민하는 걸까?

아니었다.

"그래서 지금 나한테 요원을 만들어달라는 거냐? 유저로? 심의명, 무슨 짓을 하려는 거지?"

"그건……."

"왜, 유저들을 요원으로 만들어서 그 다섯 놈 조지러 다니게 하라고?"

"아닙니다!"

"자주국방이란 개소리는 지껄이지 말고!"

쾅! 쩌쩍!

한지원이 자세를 풀며 주먹을 쥐고 테이블을 내려치자 목재 테이블이 그대로 반으로 쪼개졌다.

'허!'

석영은 그 모습에 헛숨을 들이켰다.

강화 주문서.

인간을 초인으로 만들어주는 마법의 주문서. 도대체 어디 있는지 모를 리얼 라니아의 시스템으로 육체의 지구력, 속도, 근력까지 전부 올라가는 부가 효과가 있다. 그런데 두꺼운 원목 테이블을 쪼갤 정도는 아니다.

'절대로.'

어떻게 자신하느냐고?

다 해봤기 때문이다.

진짜 나무를 한 방에 부술 수 있나, 손가락으로 구멍을 뚫을 수 있나, 이런 것들. 충분히 실험해 봤다. 하지만 다 실패했다. 절대로 저 정도는 아니었다. 그런데 한지원은 한 방에······.

"내가 이딴 개소리를 다시 한번 들을 줄이야. 하하! 진짜 생각도 못 했는데······. 좋아, 재밌어. 아주 재밌다고."

'위험······!'

한지원의 기세가 급변했다.

안 그래도 일촉즉발의 분위기가 한지원의 웃음이 뭔가에 억눌렸을 때 나올 그런 웃음으로 변했을 때 석영은 뒤로 쭉 물러났다.

물러나면서 눈알만 데굴데굴 굴리고 있는 아영이를 잡고

같이 빠졌다.

드르륵.

둘이 빠지자마자 한지원이 의자를 밀고 일어났다.

"신사적으로 해줄까?"

"한지……."

"아니면 내 식으로 해줄까?"

쉭!

그 말이 끝나자마자 빛살처럼 솟구치는 다리.

"큭!"

심의명이 급히 뒤로 물러났다.

축이 된 발끝으로 온몸의 체중을 감당하며 그대로 서 있는 한지원. 그녀의 모습은 아름다웠다. 거실의 조명을 받아 무용수처럼 고고한 모습을 보여주고 있었다. 하지만 그 아름다움에는 치명적인 독이 내재되어 있었다.

"음……."

심의명은 피했다.

한지원의 공격을 피한 건 심의명이 처음이다. 하지만 제대로 피해내진 못했다. 도대체 뭘 어떻게 한 건지 심의명의 턱 끝이 갈라져 있다. 발끝에 칼날이라도 숨긴 게 아닌지 의심스러웠다.

'상식적으로 발끝으로 쳤는데 살이 갈라진다는 건 소설 속에서나 가능한 게 아니었나?'

한지원은 정말 양파 같았다.

까고 또 까도 마냥 새롭다.

'이런 여자를 목표로 잡았다고? 하, 주제 파악을 진짜 못 했구나.'

하지만 동시에 가슴 깊은 곳에서 알 수 없는 감정이 조용히 기지개를 켜기 시작했다. 석영은 알 수 있었다. 그 감정은 도전, 혹은 호승심에 가까운 놈이라는 걸.

한지원의 공격으로 상황은 일촉즉발이 아니게 됐다. 이미 터졌다. 자, 그럼 이걸 어떻게 진화하지?

불가능할 것이다.

지금 이곳에 한지원을 통제할 수 있는 사람이 없었다. 게다가 지금 한지원의 눈빛, 신기한 동물을 바라보는 눈빛이다. 이어서 입술이 천천히 열렸다.

"작정하고 쳤는데 그걸 피해? 이야, 너도 그냥 평범한 아저씨는 아니네? 아아, 하긴 내 소속도 알고 있는 아저씨가 평범한 아저씨일 리는 없지."

"그, 그게……."

"변명하지 마라. 내가 이래봬도 근접 전문이거든."

"……."

심의명은 입을 닫았다. 할 말이 없기도 하고 부정할 수도 없는 노릇이다. 그녀의 말은 오만했지만 그 오만을 받쳐줄 실력이 차다 못해 넘쳤다. 심의명도 애초에 한지원 자체는 모르지만 그녀가 소속된 부대는 알고 있었다.

유치한 이름이지만 대한민국의 대다수가, 아니, 정말 손에 꼽을 정도의 인물만 아는 극비 부대 소속이라는 것도.

말도 안 되는 작전을 수행하던 부대라는 것도 정말 우연찮게 알게 되었다. 아주 운이 좋게 말이다.

"우연히 뵈었습니다."

"우연히 날 봤다……. 말 안 되는 거 알지?"

"진짜입니다."

심의명은 땀을 뻘뻘 흘리며 한지원에게 해명했다. 하지만 한지원은 여전히 그 해명을 믿어주지 않았다. 눈빛과 입가에 떠오른 미소, 살벌했다.

"……."

"……."

피식.

잠시의 눈빛 교환 뒤 한지원은 손을 휘휘 저었다. 명백히 그냥 꺼지라는 손짓. 한지원의 행동은 분명 기분 나쁠 만도 한데 누구도 기분 나빠하지 않았다. 너무나 자연스럽고 당연해 보이는 행동.

포식자가 초식동물에게 보이는 배려, 딱 그 정도로 보였다.

"다음에… 다시 찾아뵙겠습니다."

"목숨이 두 개라면."

이어서 한지원은 등을 돌려 밖으로 나가 버렸다. 심의명은 그녀가 나가자 석영과 아영을 바라봤다.

"폐를 끼쳐… 죄송합니다."

허리를 쭉 접고 난 뒤 나온 사과에 석영은 고개만 끄덕였다.

"……."

"아, 아니에요!"

하지만 아영은 손사래를 치며 버벅거렸다. 심의명이 나가자 그의 아들과 딸도 고개를 숙여 인사하고는 밖으로 나갔다.

"……."

"……."

아, 이건 뭐, 적응을 했다 생각했는데도 역시나 혼란스럽다. 석영의 시선이 쪼개진 테이블로 향했다.

"아놔……."

뒤늦게 짜증이 올라오는 석영이다.

*   *   *

자신의 집으로 들어온 한지원은 바로 가방에서 위성폰을 꺼냈다. 번호를 누르고 잠시 기다리자 상대가 전화를 받았다.

"충성, 한지원입니다."

─정기 보고 시간은 아닌데, 어쩐 일이지?

"정의혈맹 군주가 제 소속을 알아봤습니다."

─누구? 정의혈맹?

"네. 심의명이란 자입니다."

―조사하지. 그때까지 모든 작전은 올 스톱하고 대기하도록.

"네."

―그럼 끊······.

"저······."

―할 말 있나?

"그의 소식은······."

―···찾고 있네. 모든 선을 총동원해서. 하지만 아직이군.

"네, 그럼 끊겠습니다. 충성!"

―충성.

이어서 끊긴 전화.

한지원은 한참을 서 있었다.

"······."

우드득!

우그러드는 주먹에 뼈가 비명을 내질렀다. 악력으로 자신의 손을 박살 내는 게 아닌가 싶을 정도이다.

"후우······."

온갖 감정이 담긴 한숨이 이어서 흘러나왔다. 전혀 그녀답지 않은 한숨이라 석영이나 아영이 봤다면 눈을 동그랗게 뜨고 놀랐을 거다.

"찾아낼게요. 당신, 내가 반드시··· 찾을 거예요."

그리고 지금 아련함이 가득 담긴 이 말도 마찬가지다.

보름달이 고고히 뜬 새벽에 한지원의 독백이 아련히 녹아들어 갔다. 그리고 이 독백으로 그녀의 정체를 일부분이나마 엿볼 수 있었다.

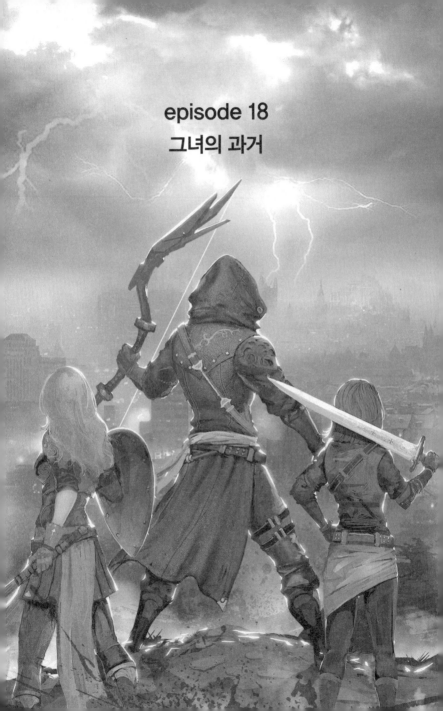

석영의 집에 한바탕 폭풍이 오가고 모두가 잠든 시간, 라니아 게시판에 폭탄 하나가 툭 떨어졌다. 화질이 상당히 선명한 CCTV 영상이었고, 처음에는 새벽인지라 올빼미족들이나 봤기 때문에 조회 수는 그다지 높지 않았다. 물론 영상의 진위 여부를 두고 자칭 전문가들의 갑론을박이 벌어진 건 당연한 일이다.

　하지만 새벽이 지나고 아침이 오자 폭탄의 도화선에 불이 붙었다. 도화선이 다 타들어가고 폭탄은 오전 11시경 화려하게 폭발했다. 라니아 게시판에 올라온 동영상이 모든 사이트를 점령했다. SNS는 물론이다.

　모든 전문가가 나서서 영상의 진위 여부를 두고 갑론을박을 벌였다. 합성이다, 불가능하다, 저런 게 어떻게 가능하느냐 등등.

대한민국이 활활 불타기 시작했다.

대체 어떤 영상이기에?

영상은 아주 화려하며 심플했다. 말이 안 되는 두 단어가 들어가는 이유는 블랙 코트를 걸친 여인 둘이서 화려하게 움직이며 고블린 부족장을 단 1분 만에 찢어발겼기 때문이다. 영상미의 화려함은 가히 끝판왕 수준이다. 그래서 영상에 달린 댓글들은 가히 멘붕이었다.

―손에 든 도는 그렇다고 치자. 후방 지원하던 여인이 대물 저격총을 라이플처럼 다루는 건 대체 뭐냐?

―부족장을 1분? 1부운! 말이 되냐?

―저 도는 뭔데 괴물 가죽을 그냥 종이처럼 찢냐?

―ㅎㄷㄷ 피 튀는 거 보소.

―솔직히 저 정도면 CG 아니냐?

대부분 의견이 절대 불가능하다로 통일되고 있지만 발 빠르게 영상을 입수한 전문가들이 CG가 아님을 발표하자 2차 멘붕이 바로 뒤따라 왔다. 하지만 저녁이 지나기 전, 또 다른 폭탄 하나가 슬그머니 라니아 게시판에 자리 잡았다.

—아직 안 봤는데, 이거 게시물 작성자가 아까 그 폭탄이랑 같은디?

—또야? 아직 뭐가 남은 겨? 그런 겨?

—대박! 개소름, 진짜!

—일단 보고 오셈. 얘기는 그 이후 합시다.

두 번째 폭탄.

골목에 가득 뭉쳐 있던 고블린과 두 마리의 부족장을 첫 번째 폭탄 영상에 나온 두 여인이 십 분에 걸쳐 중화기와 일대일로 조지는 영상이었다. 이건 CCTV도 아니었다. 누가 골목 위에서 카메라로 찍은 것이라 화질과 전투 상황이 훨씬 자세하게 나왔다.

어깨에 짊어진 골프 가방을 내려놓고 그 안에서 수류탄과 구식 AK 소총, 글록과 데저트 이글, 도, 쌍검, 대물 저격총으로 아예 접근조차 불허하며 고블린을 일차로 싹 조졌다. 이어 광기에 찌든 부족장이 달려들자 첫 번째 영상과는 다르게 일대일로 붙기 시작했다.

결과는?

대물 저격총을 든 여인이 먼저 잡았고, 그다음 도를 든 여인이 부족장의 목을 쳤다. 솔직히 조금도 믿기지가 않는 영상이었다.

—말이 되냐? 저게 무슨 도인지는 모르겠는데 몇 강을 해야 부족장 목을 쳐낼 수 있는 거냐?

—대박이네. 대지 강타 터지기 전에 타격 넣어서 캔슬 먹이는 거 봐라.

—그러게. 대체 저 타이밍을 어떻게 잡지?

—게임보다 더 게임 같네, ㅅㅂ

—몇 강을 해야 저격총으로 부족장 방어를 뚫을 수 있는 거죠?

—아니, 애초에 탄과 총 부품에 강화를 먹여야 한다고. 돈을 대체 얼마나 처바른 거야?

—AK로 고블린 학살하는 건? 이게 말이 되냐, 진짜.

—그 와중에 난사도 아니고 점사야. 저 많은 고블린 조지는 데 서로 탄창 세 개씩밖에 안 씀.

—대체 어디서 튀어나온 괴물들이냐?

다들 믿지 못한다는 투가 역력했다. 당연한 반응이다. 둘이서 거의 대대급에 가까운 고블린 떼거리를 잡았다. 그냥 대놓고 갈기는 것 같지만 탄 한 발 한 발이 급소를 노리고 박혔다. 심장, 대가리, 목 등등.

뚫리면 생명 활동이 급속히 정지하는 급소 중의 급소에 박히자 달려들던 고블린들이 그대로 땅바닥에 처박혔다.

유저들과 네티즌들이 주목한 건 괴물들이 달려드는 데도 침착하게, 아니, 여유롭게 조준하고 격발하고, 사살하고 조준하고, 격발하고 사살하고를 반복하는 두 여인의 강철 심장이다. 괴물이 달려들면 보통 놀라 도망치게 마련이다. 그게 아니라면 몸이 아예 바짝 굳어버리던가.

근데 두 여인은 대놓고 조준해서 갈겨 죽여 버렸다. 단 한 발도 물러나지 않았다.

게다가 드르륵 긁는 연사도 아니고 한 발씩 제대로 노려서 점사로. 심장이 무슨 다이아로 만들지 않은 이상 절대로 불가능할 거라는 말들이 나왔다. 그런데 더 가관은 그 이후이다. 신장이 좀 더 큰 여인은 시꺼먼 도(刀)로, 조금 작은 여인은 바렛 대물 저격총으로 부족장을 일대일로 붙어 잡았다.

대물 저격총을 든 여인에게 달려들던 부족장은 아예 근처까지 다가가지도 못했다. 여인이 빠르게 뒤로 물러나며 무릎, 골반, 어깨, 이어 심장, 쓰러지는 순간 대가리를 날려 버렸기 때문이다.

그게 딱 이 분 정도 걸렸나? 탄창을 가는 데 걸린 시간만 아니었으면 훨씬 단축됐을 것이다.

그럼 흑도를 든 여인은?

그냥 피하고, 피하고, 베고, 베고, 목을 '스각'. 이게 끝이었다.

설명이 너무 간단하지만 진짜 이게 끝이었다. 더 이상 여기에 뭘 붙일 수가 없었다. 영상이 보여준 게 그게 끝이었으니까.

조사대라는 게 있다. 뭐든 찾아낸다는 네티즌 조사대는 이번만큼은 정말 한마음 한뜻으로 저 두 여인의 신상을 캐기 시작했다. 하지만 신장과 체형이 드러나고 드문드문 대화도 들렸지만, 얼굴 자체는 아예 나오지도 않았다.

전투가 있던 근처 CCTV까지 전부 뒤졌지만 역시나 나온 건 없었다. 완전히 오리무중. 결국 네티즌들이 할 수 있는 건 그럴싸한, 아니, 아주 멋진 별명을 지어주는 것밖에 없었다.

수없이 많은 것이 올라왔지만 최종적으로 결정된 건 하나였다.

코드 네임, 발키리.

블랙 코트를 입었으니 블랙 발키리.

두 여인을 지칭하는 단어였다.

*　　　*　　　*

"하, 미치겠다."

양홍식은 피우던 담배를 비벼 끄고는 짜증을 내뱉었다. 힘을 얻은 미친놈들은 마치 제 세상인 양 날뛰고 있어 안 그래도 힘들어 뒈지겠는데 상부에서는 거의 모든 유저 관련 부서에 공문을 내렸다.

"원, 애들도 못 찾는 걸 우리가 어떻게 찾느냐고!"

이게 양홍식이 짜증 난 원인이었다.

"후, 진짜 요즘 들어 위가 정신이 없는 것 같지 않습니까?"

옆에 있던 이홍성이 양홍식의 짜증에 자신의 짜증을 실었다. 그의 얼굴에는 진짜 피로가 그득했다. 너무 그득해 이러다 진짜 과로사하는 게 아닌가 걱정될 정도였다.

"팀장님."

"왜?"

"저 진짜 죽겠습니다. 밑에 애들도 말이 아닙니다. 육체 강화 아니었으면 벌써 과로사하는 놈 하나 나왔을 겁니다."

"알아. 안다고."

"진짜 곧 죽는다니까요! 나온다니까요!"

"그전에 내가 뒈지겠다!"

양홍식이 버럭 소리치자 이홍성이 움찔하더니 한숨을 내쉬었다. 아닌 게 아니라 양홍식의 얼굴도 자신에게 비해 조금도 꿀리지 않았기 때문이다. 눈 밑에 죽은 꽃이 핀 게 아닐까 싶을 정도로 심했다.

극한 피로 상태.

진짜 몬스터 소환을 겨우겨우 수습하고 제대로 쉬지도 못한 상태에서 범죄 유저들을 잡으러 다녔고, 이제는 그 와중에 또 블랙 발키리까지 찾고 있었다. 진짜 미칠 지경이었다. 체력적으로 거의 한계에 도달했다. 전 팀원이 죽겠다고 아우성이었지만, 그 이전에 팀장과 부팀장이 먼저 죽을 판이었다.

"에혀."

"에휴."

삑! 삑! 삑!

한숨과 함께 다시 담배를 꺼내려던 둘은 품에서 들려오는 소리에 흠칫했다. 단조롭게 세 번 울리는 이 소리는 유저 전담 팀의 출동 메시지다. 이건 곧 강남 어딘가에서 사건이 접수됐다는 뜻이다.

"미치겠다, 시발!"

"후우."

꺼내려던 담배를 집어넣은 둘은 자리에서 일어나더니 휴게실을 벗어나 바로 아래로 내려갔다. 밑에서 이미 팀원 다섯이 내려와 대기 중이다.

"장소는?"

"트윈 퀸 모텔입니다."

"트윈 퀸?"

"네."

낯익은 지명이다.

양홍식이 이홍성이 바라보자 이홍성이 굳은 표정으로 고개를 끄덕였다.

"일주일 전 거기 맞습니다."

"하, 씨발! 구역질 나던 현장이 떠오르는군."

일주일 전, 트윈 퀸 모텔에 사고가 있었다. 유저로 추정되는 놈이 아직 고등학생으로 보이는 남학생 둘을 갈가리 찢어버린 사건이었다.

정말 문자 그대로 찢어버렸다. 사지는 물론 신체 자체를 아예 난도질을 했다. 마치 톱으로 썬 것처럼. 왜 남학생인지 이유는 밝혀지지 않았지만 이런 미친 짓을 할 놈은 유저 빼고는 절대로 없다고 판단했다. 그래서 전담 팀이 출동했고, 정말 간만에 밖으로 나가 토해 버린 전담 팀이었다.

근데 또 트윈 퀸 모텔이다.

차량에 탑승해 이동하던 양홍식이 이홍성에게 굳은 얼굴로 넌지시 물었다.

"아니겠지?"

"제 감을 믿으십니까?"

"일단 말해봐."

"아마……."

"……."

"맞을 것 같습니다."

"지랄……."

양홍식도 솔직히 이홍성과 같은 감을 느끼고 있었기에 욕이 절로 튀어나왔다. 트윈 퀸 모텔까지는 얼마 걸리지 않았다. 전담 팀 차량이라 신호도 무시하고 쭉쭉 달려 삼십 분 만에 도착했다.

이미 폴리스라인이 쳐져 있는 상태였고, 주변엔 기자와 시민으로 가득했다.

"홍성이는 나랑 올라가고 나머지는 뒷골목 조사해."

네, 네, 네, 네.

네 개의 목소리가 뒤따라 왔다.

"저도 빠지면 안 됩니까?"

"개소리 말고 따라와."

"네……."

고개를 푹 숙인 이홍성이 양홍식의 뒤를 따랐다. 사건 장소는 4층 4호. 404호라는 경찰의 소리를 마지막으로 엘리베이터 문이 닫혔다. 하지만 그 장소는 굳이 안 들어도 됐다. 땡소리와 함께 문이 열리자, 뇌리를 강타하는 강렬한 피비린내가 후각을 훅 치고 들어왔기 때문이다.

"아, 젠장."

"윽!"

양홍식은 문 앞에 서는 순간 눈을 질끈 감았고, 이홍성은 고개를 돌리며 결국 구역질을 했다. 선객이 있었다. 하얀 가운을 걸친 국과수 소속 전담 협력 팀의 유정은 팀장이다. 그녀는 태연한 표정으로 사건 현장을 조사하고 있었다.

"어, 왔어요?"

"아오!"

급히 품에서 손수건을 꺼내 코를 막으며 홍식은 고개만 까닥여 그 인사를 받았다. 비닐 신발을 착용하고 안으로 들어가자 안은 더 가관이었다. 뼈는 물론 몸속 장기가 사방에 퍼져 있었다.

도저히 제정신으로 볼 수 있는 사건 현장이 아니었다.

"미친……."

"동감해요. 확실히 제정신인 년은 아니에요."

"년? 무슨 단서가 나왔습니까?"

"여기."

비닐을 들어 올리는데, 거기에 길쭉한 머리카락이 보인다. 피에 젖은 붉은 머리카락 한 올이 불빛에 반사되어 매우 불길한 색을 띠고 있었다.

"그리고 저기."

"음?"

비닐을 보다가 유정은의 시선을 따라가자 침대 위 벽면에 큼지막하게 피로 써놓은 글자가 보인다.

이제 네 분 남았어요.

*   *   *

심의명이 집을 방문하고 며칠이 흘렀음에도 석영은 아직 게임에 접속할 수 없었다. 이유야 당연히 사망 페널티 때문이다.

일부 저돌적인 유저들은 인생 뭐 있냐 하면서 게임을 즐기고 있지만 그 결과는 참담했다. 하루에도 십수 명씩 사망자가 나왔다. 게임 속에서 목이 잘려 죽으면 현실로 튕겨졌을 때도 목이 잘려서 나왔다. 당연히 게임을 못 하게 해야 한다는 말이 나왔다.

하지만 어떻게?

PC를 사용하는 것도 아니고 증강 현실이나 가상현실처럼 기기를 사용하는 것도 아니다. 텔레포트 신녀, 오직 그녀를 통해 접속이 가능한데 신녀는 어디 조용히 숨어 입으로 부르기만 하면 앞에 떡하니 나타났다.

즉, 모텔에 짱 박혀 신녀를 부르면 바로 접속할 수 있다는 뜻이다. 물론 처음에는 이렇게 안 됐다.

"후우, 그놈의 진화……."

담배 연기를 뿜으며 내뱉은 석영의 푸념처럼 문제는 그놈의 진화였다. 이렇게 될 걸 알았는지 떡하니 유저가 신녀를 마음대로 자신이 있는 장소로 소환이 가능하게 만들어 버렸다. 당연히 언제 그렇게 업데이트가 됐는지는 아무도 몰랐다. 그냥 해보니까 됐을 뿐이다. 시점은 당연히 소환 전후였고.

어쨌든 사망 페널티는 사회적인 문제로 부풀었다. 옛날이었다면 비인류적, 비도덕적인 게임이라며 아예 사장시켰을 것이다. 딱 3년 전이었다면 말이다. 하지만 지금은 아니었다.

유저는 국력이고, 유저는 국가의 존망 그 자체이며, 유저는 인류의 생존에 반드시 필요한 존재이다.

게임을 못 하게 막자는 단체들을 압살시킨 심의명이 내건 슬로건이다. 물론 저 슬로건에도 문제는 많았다. 무늬뿐이지만 겨우겨우 정착시킨 신분제가 폐지될 가능성이 훅 늘어났기 때문이다.

조금만 앞을 내다봐도 이대로 가면 유저, 비유저로 분명 신분이 갈릴 것이고, 유저 중에서도 다시 실력, 아이템으로 신분이 갈릴 것이다. 이건 전문가가 아니더라도 조금만 생각해 보면 알 수 있는 부분이다.

그 단적인 예로 정의혈맹 군주 심의명을 보면 딱 알 수 있었다.

"지원 씨에게 그렇게 빌고 갔지만… 지금 세계적인 영향력은 가히 열 손가락 안에 드니까."

거대 혈맹, 정의의 총군주.

그것이 주는 힘은 그야말로 막강했다. 웬만한 재벌 총수도 그와 독대하려면 몇 날 며칠을 기다려야 할 정도였다.

진짜 다행이라면 그런 심의명이 국가를 생각하고 국민을 생각한다는 점이다. 만약 그까지 악한이었다면 지금쯤 대한민국은 정말 개판이 되었을 것이다.

"후우……."

담배 연기를 내뿜는 석영은 정말 머릿속이 복잡했다. 게임을 즐길 수 있는 상황도 아니었다. 타천 활. 그래, 좋다. 아직까지 보스 빼고는 한 방 이상을 버티는 놈을 못 봤다. 현 시점에서 최강의 무기였다.

흔히 말하는 행성 파괴 무기.

그런 활을 들었지만 그래도 맞으면 죽는다.

이건 진화를 통해 불변의 진실이 됐다.

사실 생각하면 문제는 한두 가지가 아니었다. 소환 당시 떠 있던 거대한 천공 수정도 문제였다. 지금은 그 어떤 비행 물체 도 접근을 불허하는 검은 안개에 싸여 확인이 불가능하지만, 소환 시기가 오면 다시금 모습을 보일 것이다.

그럼 다음 소환 시기는 언제? 확인 불가능 하다. 공지가 없 었으니까. 파괴는 가능한가? 안 해본 건 아니다.

미사일을 쏴봤지만 안개에 닿기도 전에 추진력을 잃고 바다 로 퐁당 떨어졌다. 그럼 닿기 전에 터뜨리면? 미동도 없었다. 무슨 벽이 있는 것처럼 아예 안개까지 화력이 닿지도 못했다.

절대 방어, 말 그대로 정말 절대적 방어막이라도 두르고 있 는 것 같았다. 그런 마당이니 다른 시도는 엄두도 못 냈다.

핵? 그 이상의 무기? 그걸로 못 뚫으면? 동아시아에는 재앙 이 덮친다. 신세계라 할 수 있는 리얼 라니아 때문이 아닌, 핵 이라는 무기 때문에.

"그런데……."

석영은 의문이 들었다.

대한민국의 영토 북쪽을 차지한 북한이 의문이다.

"북한은 왜 소환에서 벗어났지?"

이상하게도 일차 소환에서 북한은 비껴 나갔다. 이들은 그 게 김 씨 일가의 성은이 어쩌니 하면서 홍보하기 바쁘지만 그 게 아니라는 것쯤은 초등생들도 안다.

"정말 유저가 없어서?"

이건 넷상에서도 많은 지지를 얻고 있는 의견이다.

북한은 극단적으로 폐쇄적인 국가이다. 인터넷이 존재하기는 해도 그게 대한민국처럼 자유롭게 사용되진 않는다.

게임? 어불성설이다. 걸리면 단순히 끌려가는 걸로 안 끝날 테니까. 그렇다면 자연히 유저가 없을 수도 있었다.

하지만 반대로 반박할 의견도 상당히 많았다. 이런 논리라면 상대적으로 유저가 많은 대한민국에 몬스터가 훨씬 많이 소환됐어야 한다.

하지만 그건 또 아니었다. 동북아시아를 대표하는 삼 개국, 대한민국과 일본, 중국에 떨어진 몬스터의 수는 중국, 일본, 한국 순이다. 중국이 가장 많고 한국과 일본은 큰 차이 없이 거의 엇비슷했다. 대략 오만 정도.

"후우, 이걸 내가 생각해서 뭐 하겠다고……."

마지막 연기를 내뱉고 담배를 비벼 끈 석영은 자리에서 일어났다. 해가 지고 있었다. 테라스에서 안으로 들어가려던 석영은 문을 열기 전 잠깐 멈춰 서서 고개만 뒤로 돌려 하늘을 올려다봤다.

붉은 노을.

석영은 그게 피처럼 붉게 보였다.

결정, 혹은 결단. 이제는 내려야 할 때였다. 저 하늘을 물들게 할 피가 자신의 피가 되지 않으려면.

피식.

서울 집 소파에 앉아 있던 한지원은 정보 팀을 통해 들어온 메시지를 보며 실소를 흘렸다.

"살인자 주제에 참 정중하네."

게다가 피가 주르륵 흘러 글자가 좀 망가지긴 했지만, 기본적으로 굉장히 잘 쓴 글씨체였다. 선을 보아 분명 여성이 쓴 것이다. 요리조리 돌려보고 있는데 사진이 사라지고 익숙한 번호와 이름이 떴다.

"응, 정은아."

─봤지?

"응, 엽기적이긴 하다."

─풉, 천하의 한지원이 뭐 이런 걸로?

"왜 이래? 오랜만에 푸닥거리하고 싶어 그래?"

─호호, 그건 좀 참고. 그거 한번 하면 나 출근 못 하거든.

한지원은 친구이자 동료인 정은의 말에 작게 웃었다. 이어 소파에서 일어나 와인과 잔을 들고 다시 소파로 돌아왔다.

─뭐 하고 있어?

"사냥 끝내고 쉬고 있어."

─사냥? 그거 이제 게임 오버 당하면 진짜 죽는다며? 그런

데도 해?

"얘가, 나를 뭐로 보고?"

—아, 맞다. 깜빡했다. 천하의 돌격전간 한지원이를.

피식.

오랜만에 듣는 그 호칭에 한지원은 웃었다.

돌격전간.

지독할 정도로 유치한 호칭이다. 한지원은 군 출신이 맞다. 하지만 한지원이 있던 부대 자체는 정말 극비리에 운용됐다. 그 부대를 간략하게 짚자면.

여성 부대.

전원 고아.

특수 작전.

등등으로 설명이 가능할 것이다.

한지원의 부대 전투간호사(戰鬪看護師)는 남북전쟁 이후 북한에서의 특수전을 위해 만들어졌다. 사내는 할 수 없는 작전, 오직 거기에 초점을 두고 말이다. 그랬기 때문에 극비였다.

작전에 미인계는 기본으로 들어가 있고, 미인계를 사용하고 목적을 달성한 이후 탈출을 위해 실제 군 특수부대보다 훨씬 고강도 훈련을 받았다. 물론 그렇다고 사내를 뛰어넘는 건 한계가 있었다.

하지만, 하지만 말이다.

그중에서도 아주 희박한 확률로 존재하게 마련이다. 웬만한 남자는 그냥 가볍게 찜 쪄 먹을 유전자를 가진 돌연변이가.

그런 여인들을 모으고 모아서 만든 게 바로 전투간호사이다. 완전한 살인 병기들. 평소에는 평범한 간호사이지만 작전이 하달되면 적진에 침투, 여인만이 가능한 모든 작전을 수행했다. 그러나 그것도 잠깐이었다. 남북 화해 모드가 돌기 시작하며 그녀들이 설 자리가 없어지자 이 비련의 여인들은 밖으로 돌기 시작했다.

아프간, 이라크, 레바논 등등.

그곳 구호 센터에서 지원 나온 간호사로 활동하며 첩보 작전을 뛰기 시작했다.

작전 내용은 보통 같았다. 하지만 어떻게 된 게 실제 특전부대보다 성공률이 높아지자 여인들이 뛰는 임무가 아닌, 첩보전까지 뛰기 시작했다. 이런 걸 어떤 정신 나간 간호사가 지원하겠나. 그래서 고아로 양성됐다. 이 또한 문제의 소지가 극심했기 때문에 극비로 치부될 수밖에 없었다.

안타까운 일이다.

세뇌에 가까운 교육과 고아 시절 총책임자 김갑수 소장에게 받은 무한한 정 때문에 웃으면서 전장에 뛰어든 그녀들이.

'한지원이란 이름도 아버지가 지어주셨지.'

이름을 지어주는 것, 그건 특별한 일이다.

적어도 한지원에게는 말이다.

스톡홀름 증후군.

한지원에게 가장 어울리는 병명일 거다.

어쨌든 한지원은 이런 전간 15기 출신이다. 12기까지는 다 은 퇴했고, 13기 최고참이 바로 현 전간을 이끄는 장세미 대령이다. 한지원이 얼마 전 통화한 여인이 바로 장세미 대령이기도 하다.

―지원? 지원아?

"응? 아, 말해."

―바빠? 잘래?

"아냐, 괜찮아. 그런데 용건 있어서 전화한 거 아냐?"

―용건이야 있는데, 그리 급한 건 아니라서.

"괜찮아. 지금 얘기하자."

―응, 알았어. 흠흠.

친구이자 동기 유정은이 목을 가다듬자 한지원은 와인 마 개를 빼고 잔에 천천히 따랐다. 선홍빛 레드 와인이 불길한 빛 깔을 뿜내며 잔에 차기 시작했다. 적당히 와인이 차자 병을 내 려놓고 잔을 입으로 가져갔다.

―이번 엽기 살인 사건, 아무래도 대령님이 움직이실 것 같 아.

멈칫.

"대령님이 활동 중지 하고 있으라 했는데?"

―사건이 너무 괴악하잖아. 알잖아, 대령님 성격. 이런 거 절대 안 넘어가는 거.

"알기야 알지. 하지만 지금 나 마크당하고 있어."

─그 정도야 팀 하나만 움직여도 마비시킬 수 있고.

유정은의 말에 와인을 입가에 댄 채 한지원은 고개를 주억거렸다. 여인으로 이루어진 부대라고 나약하지 않았다. 오히려 공작, 첩보 쪽에서는 타의 추종을 불허했다. 그만큼 전투에 필요한 분야에서 괴물들만 추려 모은 게 바로 전투간호사니까.

"뭐, 그럴 수도 있겠네. 미경 대위님이랑 진아 대위님이 이끄는 팀이라면."

화제의 영상, 그 주인공들이다.

대장이라 할 수 있는 장세미만큼은 아니더라도 그 두 여인네의 능력도 상상을 초월했다. 그나마 한지원이 이길 수 있는 건 육체적 능력밖에 없었다. 밸런스 파괴, 두 여인을 생각하며 한지원이 떠올린 단어이다.

"위치는 파악했어?"

─응. 슬슬 꼬리가 보인다고 연락 왔어.

꼬리가 보인다.

"그럼 이삼 일이면 잡겠네."

─그러니까 준비하고 있어. 컨디션 조절도 좀 하고.

"알았어."

한지원은 담담한 표정으로 고개를 끄덕였다.

어차피 이걸 위해 서울에 남아 있었다. 악을 증오하는, 정말 처절하게 증오하는 장세미 대령 때문에. 그리고 그건 자신도 마찬가지였다.

그 사람이 걸었던 길이니까.

그래서 그 사람을 찾으려면 자신도 걸어가야 할 것 같아서.

'그게 아니더라도 그 길을 잇고 싶어서.'

목숨보다 소중했던 남자.

'오 년 전 사건만 아니었어도……'

쩡!

과거를 상기하자마자 아귀에 힘이 너무 들어갔는지 와인 잔이 그대로 깨져 버렸다. 하지만 천하의 한지원이다. 그 순간 손가락의 힘을 빼서 베이는 건 피했다.

"이런."

―왜?

"아냐. 무기는?"

―20번 장소.

"알았어. 꼬리 잡으면 연락 줘."

―응. 우리 지원이, 조심하고 푹 쉬어.

"응, 너도."

뚝.

대화가 끝나고 한지원은 소파와 러그를 적시고 있는 와인을 물끄러미 바라봤다. 저 멀리서 석영은 노을을 보며 피를 떠올렸고, 한지원은 와인을 보며 피를 떠올리고 있었다.

그녀의 삶은 피다.

피로 얼룩져 있었다.

한지원이 괴물인 건 다 이유가 있었다.

*   *   *

눈을 뜬 석영은 운동 후 아침을 먹으며 컨디션을 최고조로
끌어 올렸다. 고민, 또 고민 끝에 석영은 기어코 결정을 내렸
다. 리얼 라니아를 플레이하기로.

"어차피… 뒤처지면 두 번째는 몰라도 그다음은 소환 때 죽
는다."

첫 번째야 고블린이었지만 두 번째는 뭐가 나올까? 세 번째
는? 네 번째는? 점점 더 난이도가 올라갈 것이다.

고블린 개체 수만큼 오크가 나와도 재앙이다. 고블린 부족
장같이 오크 보스는 잡은 적이 없었다.

그놈보다 훨씬 센 놈이 나서면 그야말로 답이 없어진다. 만
약 만나게 됐다고 쳤을 때, 조금이라도 생존 확률을 올리려면
스킬, 고등급 아이템, 그리고 고강화는 필수였다. 그게 부족하
면 어차피 나중에는 죽을 수밖에 없었다.

그럼 앉아서 죽을 때까지 기다리나?

"두 번째, 세 번째 소환이 언제일지 알고?"

그만큼 기다리는 건 미련한 짓이다.

공지로 친절히 알려주지만 그게 기한을 매우 많이 주는 건
아니기 때문이다. 첫 번째 때도 24시간이라 해놓고 갑자기 두

어 시간 빠르게 소환하지 않았던가. 리얼 라니아의 시스템 공지는 절대로 기다려서도, 믿어서도 안 된다는 게 석영의 생각이다. 여하튼 석영은 결정했다. 앉아서 넋 놓고 앉아 있다 죽느니 최대한 발악하겠다고. 아영이는 아직 결정을 못 내렸고, 한지원은 없다. 그러니 혼자 리얼 라니아에 접속할 생각인 석영이다.

이제는 너무 익숙한 화장실 신녀를 눌렀다.

일곱 번째 유저 정석영 님, 리얼 라니아(real RAnia)에 접속하시겠습니까? Y/N

접속할 때마다 보던 이 멘트가 이제는 새롭게 보였다. 게임이 아닌 생존을 위해 다른 세계로 진입할 때 나오는 문구니까. 'Y' 버튼에 손을 대려다 말고 잠시 멈칫했지만 이내 꾹 힘차게 누르는 석영.

곧이어 시야로 하얀빛이 머물렀다.

빛이 사라지고 눈을 뜬 석영은 잠시 전경을 둘러봤다.

마지막 접속 장소인 우르힌 마을 중앙 광장. 예전엔 그렇게 사람이 많았는데 지금은 이른 시간이라 그런지 텅텅 비어 있었다. 몇몇 유저로 보이는 이들이 있긴 했지만 전에 비하면 조족지혈이다.

유저 말고도 NPC들이, 아니, 신세계의 주민들이 쌀쌀한 날씨 탓에 추운지 팔을 쓰다듬으며 분주히 움직이는 걸 보던 석영은 뭔가 기묘한 위화감을 받았다.

'변한 게 있는 것 같은데?'

유저가 적다?

아니었다.

그건 별로 변한 게 아니었다. 잠시 생각하던 석영은 그 위화감의 정체를 깨달았다.

"추워…… . 제기랄."

기온이 구현됐다.

리얼 라니아는 언제나 쾌적한 온도를 유지했다. 대략 20도쯤으로 느껴지는 쾌적함 말이다.

그런데 지금은 추웠다.

"하아……!"

입김이 나왔다.

석영은 충주 시골에 살고 있고, 이제는 가을도 가는 마당이라 새벽이면 서리가 앉고 '호오' 하고 불면 입김이 나왔다. 그런데 여기도 마찬가지였다. 이게 말이 되나?

'아니, 말이 안 될 것도 없지. 언제는 알려주고 했어?'

이번에도 또 다른 업데이트가 있던 모양이다. 이제는 리얼 라니아가 아니라 그냥 신세계 라니아였다.

말 그대로, 문자 그대로 새로운 세계 말이다. 하지만 그렇다고 석영의 마음이 변한 건 아니었다. 광장에서 장비 점검을 한 석영은 여관에서 여유분 식량을 챙긴 다음 북쪽 성문으로 나갔다.

몇 달간 우르힌 마을이 엄청 커졌음을 새삼 느끼며 밖으로 나오자 고요한 숲길이 이어졌다. 계속 걷다 보면 사막과 숲의 경계가 나온다. 숲의 경계 쪽에서는 오크나 고블린, 홉고블린, 늑대 인간, 라이칸 등이 나오고, 사막에선 개미와 거대 전갈이 나온다. 오늘 석영은 경계선을 타고 사냥할 생각이다.

던전은 혹시 갇히게 될 위험이 있으니 패스이다. 만약 뜬금없이 보스 던전이라도 뜬다면? 그 순간 귀환 주문서가 먹통이 된다면? 생각만 해도 끔찍했다.

석영의 이동은 조심스러웠다. 아무리 우르힌 성 주변이 도시 경비대에 의해 정리가 됐다고 해도 혹시 또 모르는 거다.

한 시간쯤 이동했을까? 잘 닦인 도로가 사라지고 사막과 숲의 경계가 나왔다. 안내 표지판에 적힌 경고 문구와 출몰 몬스터 등을 확인한 석영은 잠시 표지판 아래 앉아 휴식을 취했다. 맛좋은 우유, 샌드위치로 배도 채우며 땀을 식혔다.

20분 정도 쉰 석영은 다시 몸을 풀고 천천히 움직이기 시작했다. 11시 방향으로 난 길을 따라 움직이자 역시 몬스터 출몰 지역이라 그런지 공기가 달랐다.

후끈한 전투의 공기.

이제는 이런 것도 즉각적으로 감지하는 석영이다. 저 멀리 바위 아래 옹기종기 모여 앉은 고블린이 보인다.

'네 마리.'

빠르게 마릿수를 파악하고 혹시 숨어 있는 놈들이 없는지 꼼꼼히 체크한 후 석영은 시위를 당겼다. 석영의 사냥 방식은 간단했다.

추적하는 화살[Tracking Arrow].

이 스킬을 이용한 속사다.

투웅!

퍼걱!

둔중한 시위 튕기는 소리와 함께 가공할 속도로 공간을 가로지른 무형 화살이 고블린 한 마리의 뒤통수를 뚫었다. 깔끔하고 빨랐다.

화들짝 놀란 고블린들이 사방을 훑어보다가 푸스스 흩어지는 무형 화살의 기운에 겁을 집어먹는 게 보인다. 이 다음 수순이야 뻔하다. 하지만 석영이 그걸 봐줄 리가 없다.

'더블 샷, 트레킹 샷.'

두 개 연속으로 가동시킨 뒤 그대로 시위를 당겼다가 놓았다.

투둥!

초로 따지면 0.5초 정도. 그 정도 시간 차를 두고 화살 두 발이 연달아 발사됐다. 하지만 여기에 스킬이 걸려 있으니 두 발은 어느 순간 쭉 찢어져 마치 서로 원을 그리는 것처럼 궤적을 그렸다.

퍼걱! 퍽!

도망치던 고블린 두 마리를 더 사살하고 바위에 등을 기댄 채 덜덜 떨고 있는 마지막 한 마리를 정조준으로 그대로 잡은 석영은 첫 번째 전투를 마무리했다. 몬스터의 피 때문에 다른 몬스터가 몰릴 수도 있는 경우를 생각해 사체만 챙긴 뒤 바로 장소를 이탈했다.

그냥 접속한 게 아니다.

아예 하나의 세계라 가정하고 반드시 숙지해야 할 것들을 정하고 들어왔다. 전투 장소를 빠르게 정리한 후 이탈하는 것도 앞으로는 익숙해져야 할 기본기가 될 것이다.

그렇게 석영은 사냥을 하며 올라갔다. 세 번의 고블린 파티를 전멸시키고 점심을 먹은 뒤 다시 사냥을 시작한 지 얼마 안 지났을 때쯤이다.

석영의 눈에 이상한 게 잡혔다.

채앵!

챙!

"아가씨를 지켜라!"

"원진을 짜고 방어에 집중해! 마차는 반드시 지켜야 한다!"

저 멀리 마차 두 대를 둘러싸고 라이칸슬로프 한 마리, 늑대 인간 열댓 마리를 상대 중인 NPC, 아니, 신세계의 주민들이 보인다. 석영은 감히 끼어들 생각을 못 하고 멍하니 지켜봤다. 마차 두 대는 약 열 명에서 보호하고 있었다. 그중 좀 전에 소리친 두 기사의 움직임이 가장 눈에 띄었다.

'저걸 프로그래밍으로 구현한 NPC라고 누가 말할 수 있겠어.'

석영의 생각은 지극히 타당했다.

"라이칸은 내가 맡겠다!"

"차분하게 방어만 해라! 나와 헨리 님이 정리하면 승기는 우리에게 온다!"

라이칸을 맡겠다고 소리친 기사는 노인이었다. 하지만 백발이 성성해도 기세만큼은 뒤이어 소리친 금발의 기사보다 뛰어나 보였다.

라이칸 한 마리를 상대하는 기사 헨리의 움직임은 정직했다. 묵직하기도 했고 검에 대해 쥐뿔도 모르는 석영이 보기에도 정석적인 움직임이었다. 손에 쥔 전형적인 장검으로 라이칸을 공격을 막아내고 있었다.

─크앙!

깡! 까강!

한 발자국도 물러나지 않는 헨리의 모습에 병사들이 힘을 얻었는지 우렁찬 함성과 함께 늑대 인간들의 공격을 막아냈다.

여기서 석영은 이상함을 느꼈다.

'도시 경비대가 아닌가? 그 무지막지한 경비대라면 이딴 늑대쯤이야 칼질 한 번이면 정리할 텐데?'

서비스 10년이 훌쩍 넘은 라니아에서는 경비대도 잡는 유저가 엄청 많았다. 하지만 초창기에는 아니었다. 경비대는 정말 잘못 걸리면 웬만한 기사도 썰어버리는 강력한 존재였다. 그런데 지금 마차를 지키는 병사들을 보면 그게 아니었다. 개

중 몇몇은 공포를 느끼는지 울먹이고 있기까지 했다.

'경비대가 아니라면… 사람? 정말 사람인가?'

여기서 석영은 머릿속에 차는 혼란으로 두통까지 느껴야 했다. 인정하기로 했다. 이게 게임이 아닌 또 다른 세계라는 걸.

—크워!

쿠웅!

늑대 인간 한 마리가 돌진하며 마차 뒷바퀴를 들이받았다.

"꺄악!"

그러자 마차 안에서 가녀린 비명이 울려 나왔다.

"아가씨! 이놈!"

젊은 금발의 기사가 급히 일어나며 바퀴를 들이받은 늑대 인간의 등에 검을 쑤셔 박았다.

—깨갱!

개과 동물의 전형적인 고통에 찬 비명과 함께 연달아 병사들의 창이 늑대 인간의 몸에 박혔다.

하지만 그건 좋은 선택이 아니었다. 이미 늑대 인간은 기사가 잡았기 때문이다. 병사 몇이 시선을 빼앗긴 틈을 타 다른 늑대 인간들이 원진을 깨고 들어오기 시작했다.

—크허헝!

가장 먼저 들어온 늑대 인간이 병사 하나의 창을 후려치고 팔뚝을 깨물었다.

"으아악!"

고통에 절어 들려오는 비명에 석영의 눈빛이 단숨에 차분해졌다.

'사람, 사람이다.'

신세계의 주민이라고는 하나 이들은 자신처럼 확실하게 살아 있는 인간이었다. 그런 인간이, 그런 나와 같은 종족이 겨우 늑대 인간에게 목숨을 잃을 위기에 봉착했다. 석영은 아웃사이더이다.

아니, 아웃사이더였었다.

"구한다. 구하자."

결정을 하니 손가락이 이미 시위에 걸렸다.

시위를 당기며 타깃팅 대신 더블 샷, 트레킹 샷을 설정했다.

투둥!

슈아아악!

무형 화살 두 발이 빛을 가르며 날아갔다. 첫 번째 타깃은 라이칸이다. 노기사가 여인의 비명에도 흔들림 없이 상대하던 라이칸의 머리 위에서 그대로 아래로 처박혔다.

퍼걱!

정수리부터 뚫고 들어간 화살에 라이칸이 벼락이라도 맞은 양 부르르 떨었다.

'겨우 라이칸 따위가……'

거대 개미보다도 약한 놈이다.

이딴 놈이 무형 화살을 피할 리가 만무했다. 그리고 이딴 놈한테 인간이 죽는 건 절대 볼 생각이 없는 석영이다.

펙!

두 번째 화살은 병사의 팔뚝을 물고 있는 늑대 인간에게 향했다. 병사들 위로 날아간 화살이 라이칸을 죽인 것처럼 수직 낙하 해 등짝에 꽂혔다. 비명은 없었다. 그냥 부르르 떨다가 턱을 벌리고는 철퍼덕 엎어졌다.

라이칸 한 마리, 늑대 인간 한 마리가 순식간에 죽자 늑대 인간들이 순간적으로 크르르 소리를 내며 물러나기 시작했다. 곧 연기로 빠져나오는 무형 화살의 기운을 느끼며 재깍 튈 것이다.

하지만 그건 아마 힘들 것 같았다.

노기사 헨리, 그가 있었기 때문이다.

"지금이다! 2인 1조로 공격해라!"

—크헝!

"으아아!"

노기사 헨리가 그대로 늑대 인간의 하나의 가슴을 베어냈고, 젊은 기사가 곧바로 병사 넷을 데리고 늑대 인간들의 후미로 돌아갔다. 일종의 포위다. 병사치고는 훈련이 매우 잘된 모습이다.

물론 다 잡지는 못했다. 역습이기도 했고 늑대 인간들이 뿔뿔이 흩어졌기 때문이다. 전투가 끝나는 순간, 노기사가 뒤를 돌아 석영이 숨어 있는 곳을 보며 입을 열었다.

"이 노기사 헨리, 은인께 인사를 드리고 싶습니다! 부디 모습을 드러내 주시면 안 되겠습니까?"

"수습 기사 마크, 은인께 인사를 드리고 싶습니다!"

곤란한 상황에 석영은 어쩔까 하다가 이내 모습을 드러내기로 마음먹었다.

솔직하게 이들과 대화를 나눠보고 싶었다. 아웃사이더이지만 이곳은 신세계. 신세계는 당연히 신세계의 주민이 더 잘 알 거란 생각에서이다.

활을 집어넣고 천천히 걸어갔다. 그런 석영과 신세계 주민들의 거리가 이십 보쯤 남았을 때, 끼이익 하는 소리와 함께 마차 문이 열리고 비명을 질렀을 거라 추정되는 여인이 조심스럽게 내렸다. 입술을 꾹 깨물고 내린 그 여인을 한마디로 표현하자면……

어마어마한 미인(美人)이었다.

episode 19
신세계의 등장

"……."

"……."

"……."

"……."

도합 네 개의 어색한 침묵이 흘렀다.

석영은 자신의 앞에 앉아 있는 여인을 가만히 바라봤다. 뭐랄까, 김아영은 귀여움이 살아 있는, 흔히 말하는 국민 여동생 이미지다. 말괄량이 국민 여동생. 현실에는 극히 희박하게 존재한다는 그런 이미지가 김아영의 콘셉트이다. 한지원은 아영이와 정반대로 누님 콘셉트라 할 수 있었다. 그것도 육감적이고 뇌쇄적인 미를 풍기는, 나른한 눈빛과 몸매가 딱 그랬다.
실제로 그녀가 미는 콘셉트이기도 했다.

'둘을 연예인에 비교한……'

피식.

생각하다 말고 석영은 속으로 실소를 흘렸다. 두 사람이 그
연예인인데 다른 연예인에 비교하다니 멍청한 생각이었다.

'그럼 이 여인은……'

아영이나 한지원과는 전혀 다른 분위기를 풍겼다.

두 사람의 신장은 170이 넘는다. 그러나 이 여인은 고작
160 넘을까 말까 하다. 일단 왜소한 체구. 둘은 건강미가 있는
데 이 여인은 아니다. 병약하고 쇠약한 이미지다. 살짝 푸른
기가 감도는 입술, 눈 밑에 진 음영, 그리고 살짝 처진 눈꼬리
에 애잔함에 푹 담가놓았다 뺀 것 같은 눈빛에 체형까지.

가녀림이라는 단어가 그렇게 잘 어울릴 수가 없었다. 아영이
나 한지원과는 완전히 다르게 생겼지만 하나는 같았다.

보는 순간 사람의 시선을 훅 당길 미모를 가졌다는 것.

'저 꼬물거리는 손가락까지……. 데뷔하면 아주 절겠네, 절
겠어.'

석영은 거기까지만 생각했다.

자신이 이 사람들과 대화를 나눠보고 싶은 건 이 여인이
궁금해서가 아니라 이 신세계가 궁금해서였다.

"저는… 라블레스가의 휘린 라블레스라고 합니다. 은인의

도움에 정말 감사드려요."

"음……."

갑자기 나온 자기소개에 석영은 순간 말문이 막혔다. 뭐라고 소개를 해야 할지 고민했다.

살벌한 게임 속 별호로 할 것인가, 아니면 그냥 자기 이름으로 할 것인가, 그도 아니면 이름을 아예 만들 것인가.

"정석영입니다."

짧은 고민 끝에 그냥 이름을 대기로 했다. 어차피 말해도 모를 테니 말이다.

"정석영? 신기한 이름이에요."

"그럴 거라 생각합니다."

딱 봐도 이쪽에 있을 법한 이름은 아니다.

'휘린이라…….'

그런데 생각해 보면 휘린이란 이름도 제법 신기한 이름이다. 하지만 지금 이 상황에 이름은 중요하지 않았다. 왕족이 아닌 이상에야 말이다.

"어디로 가시는 길입니까?"

"기사의 성으로 가고 있었어요."

"기사의 성……."

"으음……."

석영은 침음을 흘렸다.

라니아를 십 년이나 한 석영이다. 기사의 마을. 라니아에는 없는 마을 이름이다. 백기사의 마을은 있었다. 혹시나 하는 마음에 다시 물었다.

"혹시 백기사의 마을입니까?"

"아니요. 기사의 성이에요."

"그렇군요."

"왜 그러시죠?"

"아닙니다."

힘없이 되묻는 그 말에 석영은 천천히 고개를 저었다. 잠깐 숙인 그의 얼굴에는 그늘이 잔뜩 져 있었다.

'기사의 성이라고? 그런 성이 있었나? 혹시 가란 성의 다른 말인가?'

아니, 그럴 것 같진 않았다.

"실례지만……."

"네?"

상념은 휘린의 이어진 말에 끊어졌고, 석영은 고개를 들고 그녀를 바라봤다.

"석영 님은 무슨 일을 하는 분인지 알 수 있을까요?"

"음, 저는 모험가입니다."

"아아, 모험가……. 그리운 직업이에요."

"그립다… 입니까?"

"네, 요즘은 모험보다는 안정을 찾거든요."

"안정이라……."

현대사회와 비슷하다는 느낌을 받았다. 대한민국, 취업을 위해서 거의 모든 청춘 남녀가 목을 매는 대표적인 국가이다. 일부 특출 나거나 모험심이 강한 이들이나 취업 전선에서 빠질 뿐, 90% 이상이 취업하여 안정을 위해 청춘을 불태운다.

"그런 휘린… 양은 무슨 일을 하십니까?"

"가업을 이으려 수업 중이에요."

"가업?"

"네, 저희 라블레스가는 대대로 상인 가문이거든요."

"상인 가문이라……. 그럼 저 마차에 실린 것도?"

석영의 시선이 휘린이 타고 있던 마차의 뒤에 있는 다른 마차로 향했다. 사람이 타는 것보다 훨씬 더 큰 마차, 저 안에 뭐가 실려 있을까 궁금했지만 석영은 묻지 않았다. 괜히 실례가 될 것 같아서이다.

"네, 거래 물품이에요."

그렇게 말하며 희미한 미소를 입가에 그리는데, 그 순간 구름이 지며 햇빛이 휘린의 얼굴에서 사라졌다. 순식간에 사방이 살짝 어두워지면서 석영은 똑똑히 볼 수 있었다. 얼굴에 드리워진 그늘. 그건 햇빛이 사라져서 그런 게 아닌, 휘린 스스로가 만들어낸 그늘이라는 걸. 타인의 눈치를 보며 살아온 아웃사이더라 그런지 석영은 이런 눈치 하난 좋았다. 하지만 그래도 묻지 않았다.

알아차린 것뿐이지 개입하고 싶진 않았다.

그래도 촉은 온다.

석영이 잠시 본 휘린의 옷. 상가의 자제가 입기에는 지나치게 수수했다. 마치 중세 시대의 평민에서 조금 더 잘살던 부류가 입던 옷가지. 소매엔 올이 풀려 해진 곳도 보였다.

그렇다면 나오는 건 한 가지이다.

'몰락 상가… 인가?'

저기 쉬고 있는 형편없는 병력으로 상행을 나선 것까지 합치면 거의 정답일 것이다.

'늑대 인간도 잡지 못하는 병사, 상대만 가능한 기사와 라이칸을 상대하는 노기사.'

솔직하게 말하자면 석영 혼자 다 쓸어버릴 수 있었다. 석영은 늑대 인간 정도는 쉽게 잡을 수 있으니까.

그래서 의문이 다시 찾아왔다.

'하지만… 이래서는 밸런스가 안 맞을 텐데?'

이제는 유저들도 고블린 정도는 쉽게 사냥한다. 오크나 개미는 몰라도 늑대 인간도 쉽게 사냥이 가능하다. 그리고 그런 유저가 못해도 몇백만은 될 것이다. 전 세계 유저를 전부 따져본다면 말이다.

이런 유저들이 한 번에 이런 세상으로 유입되면 밸런스가 유지될 리가 없다.

'아니, 아직 아니야. 리얼 라니아 시스템이… 그걸 모를 리가 없어. 아직 확신해선 안 돼. 일단 기사의 마을에 가서 다시 생

각해 봐도 될 문제야.'

석영은 다시 시선을 휘린에게 돌렸다. 그녀의 눈빛, 입가에 머물고 있던 좀 전의 감정은 이미 사라져 있었다.

대신 조금 수척해진 느낌만 향수의 잔향처럼 그녀를 맴돌고 있었다.

"저기… 부탁……."

"부탁이 있습니다."

"네? 네, 말씀하세요."

"기사의 성, 동행을 부탁드려도 되겠습니까?"

"아……."

휘린의 작은 탄성.

석영은 그걸 수락의 의미로 받아들였다.

*   *   *

일주일을 넘게 이동해 도착한 기사의 성.

이곳은 석영을 침묵시키기에 충분했다. 가늠이 안 될 정도로 성벽은 높았고, 길이는 석영이 고개를 좌우로 끝까지 돌려도 끝이 보이질 않았다.

"이곳은 처음이신가요?"

검문 때문에 마차에서 내린 휘린의 질문에 석영은 말없이 고개를 끄덕였다. 석영은 확신했다.

'이건··· 라니아에 없던 성이야.'

이런 거대한 성, 분명히 라니아에는 없었다. 이러면 문제가 생긴다. 리얼 라니아는 게임 라니아를 바탕으로 만들어졌다. 초반의 설정 역시 분명 그러했다. 라니아를 완전히 옮겨온 세상. 분명 그랬는데 이젠 듣도 보도 못한 게 나오기 시작했다.

'물어볼 게 많겠어.'

하지만 아직은 아니다.

한참을 기다린 후에야 석영은 성안으로 들어갈 수 있었다. 출입은 휘린이 고용했다는 문서 하나를 만들어줘 깔끔하게 처리했다.

안으로 들어서 여행자의 쉼터라는 심플한 이름의 여관에 라블레스 상단과 석영은 자리를 잡았다. 여장을 풀고 여관 이 층에서 만나기로 하고, 석영은 일단 방으로 들어와 침대에 앉았다.

"기억."

텔레포트 신녀는 있을까?

찾아봐야겠지만 일단 석영은 기억을 해뒀다. 축복받은 이동 주문서로 우르힌 성으로 가야 할 경우를 생각해서였다. 그런데 만약 신녀가 없으면······. 그건 그것 나름대로 골치 아파 졌다.

한 시간 뒤, 이 층에서 휘린과 노기사 헨리, 그의 제자 라울을 만난 석영은 음식을 시키기 전에 물었다.

"혹시 이 대륙을 뭐라고 부릅니까?"

"네? 대륙요?"

"네, 왕국의 이름이든 대륙의 이름이든 뭐든 듣고 싶습니다."

"음? 으음, 저희가 있는 이곳 기사의 성은 프란 왕국에 소속된 성이에요. 그리고 이 대륙은 휘드리아젤 대륙이라고 불리고요."

"프란? 휘드리아젤?"

"네."

"아……!"

석영은 탄식을 흘렸다.

이걸로 확실해졌다. 여긴 리얼 라니아의 세상이 아니었다.

"뭐지, 이건? 다른 차원이 지구와 연동이라도 된 건가?"

도무지 있을 수 없는 일이라 다시 머리가 아파왔다. 석영은 급히 다시 물었다.

"혹시 텔레포트 신녀라고 아십니까?"

"텔레포트 신녀요? 텔레포트를 전문적으로 취급하는 마탑은 있어요. 비용은 비싸지만 안전은 확실하거든요. 기사의 성은 중앙 광장에 마탑이 있고요. 그런데 텔레포트 신녀는 처음 들어요. 신전의 대신녀는 들어봤지만요."

맙소사!

석영은 다시 급히 물었다.

"대신녀는 뭐 하는 사람입니까?"

"여행자를 휴식시켜 주는 사람이에요."

"휴식……"

로그아웃이다.

후, 그나마 다행이다.

'안심은 일러. 일단 가서 확인해야겠어.'

노기사 헨리가 조용히 움직여 음식을 시키고 왔지만 석영은 그것도 파악하지 못했다. 복잡한 정도가 아니라 아예 실타래가 엉킨 것 같았다. 그것도 절대 풀지 못할 정도로 엉켜 버린 느낌.

'이건 나 혼자서는 못 풀어.'

한지원.

갑자기 그녀의 부재가 아쉽게 느껴졌다. 상황 판단이 빠른 그녀라면 이 상황에서도 중요한 것들을 속속 빼먹을 수 있을 것이다. 석영은 눈치는 좋아도 그런 쪽으로는 확실히 부족했다.

다시 입을 열려는 찰나, 종종거리며 계단을 올라온 소녀가 양손에 든 큰 나무 쟁반을 테이블 위에 내려놨다. 쟁반 위에는 김이 모락모락 나는 처음 보는 음식들이 놓여 있었다. 딱 봐도 먹음직스럽게 생겼고. 그래서일까, 석영은 갑자기 시장기가 느껴졌다. 이어서 30분을 음식을 먹는 데 썼다.

식사가 끝나고 휘린이 손수건으로 입가를 조신하게 닦은 다음 석영에게 물었다.

"석영 님은 이제 무엇을 할 건가요? 또 모험을 떠나실 건가요?"

"그럴 생각이었습니다만, 우선 이곳에 대해 좀 알아볼 생각입니다."

"그럴 거라 생각했어요. 저희 프란 왕국의 이름도, 이 세상의 이름도 모르시니…… 그래서 조언 한마디 드리자면, 일단 신분을 증명할 방도를 찾으세요."

"신분… 말입니까?"

"네. 가장 빠른 방법은 가문이나 상회에 소속되는 거예요."

"음……."

그건 좀 꺼려졌다.

어딘가에 소속되는 것은 병적으로 싫은 석영이다.

'파티 정도면 모를까.'

그런 생각을 하는 석영의 표정을 봤는지 휘린이 조용히 미소 지었다. 그 미소는 아찔하기보단 시선을 확 잡아끄는 분위기가 진짜 일품이다. 거기에 잔잔하며 살짝 힘이 빠진 목소리까지 더해지면 그냥 예술이다.

"하지만 모험가이시니 그건 좀 거부감이 느껴지실 거예요."

"네."

"그렇다면 가장 적당한 건 역시 용병이에요."

"용병?"

"네, 석영 님은……."

"음?"

휘린은 잠시 머뭇거리더니 이내 결심했는지 입을 열었다.

"초인이시니까요."

"초인……?"

이건 또 무슨 귀신 치마폭에 휩싸이는 소린지…….

석영의 고개가 이번엔 확실하게 갸웃 꺾였다.

초인(超人).

못 들어본 단어는 아니다.

그 뜻도 확실하게는 아니지만 알고 있다.

'범인보다는 훨씬 뛰어난 사람, 대충 그런 뜻이긴 한데…….
잠깐, 이런 단어가 왜?'

석영은 또 의문에 휩싸였다.

그놈의 의문, 질릴 만도 한데 어쩌겠나. 여긴 신세계라 의문
은 아직도 무수히 많이 남아 있는 상태였다.

석영의 의문은 어째서 '초인'이란 한자 단어가 누가 봐도 중
세 시대를 모방한 이 신세계에서 나오는가이다. 라니아도 중
세 시대 판타지풍을 옮겨온 세계관이라 한자 단어는 없었다.
전부 영문으로 바꿔서 썼다.

그런데 지금 초인이란 단어가 나왔다.

"저… 아니신가요?"

휘린의 질문에 석영의 집중은 툭 깨졌고, 잠시 그녀를 빤히
보던 석영이 물었다.

"저, 혹시 초인이란 단어를 혹시 써줄 수 있습니까?"

"네? 초인요?"

"네."

"그거야 어렵지 않지만……. 이렇게 써요."

그러면서 손끝으로 테이블에 초인이란 단어를 써 내려갔다. 특정한 언어 체계가 있나 싶어 바라보던 석영은 표정이 곧 어이없게 변했다.

超人

완전한 한자다.

휘린은 전형적인, 그래, 동유럽계 여인처럼 보였다. 기사 둘은 독일이나 프랑스계처럼 보였고. 물론 이들은 전혀 다른 세계의, 아니, 어쩌면 다른 차원의 사람들일 수도 있었다. 그런데 한자를 쓴다.

'소설도 아니고 이건 너무 뜬금없잖아?'

이건 놀랍기보단 그냥 기가 찼다.

"왜 그러세요?"

"아니, 아무것도 아닙니다."

영어를 아는지는 묻지 않았다. 분명 알 것 같았기 때문이다.

"한문을 쓰는 게 무슨 문제가 있는 겁니까?"

노기사 헨리가 물어 왔다.

'한문이란 명칭까지……'

이상한 세계다.

"혹시 한문의 유래에 대해 아십니까?"

"대폭발 이전, 제국 발바롯사란 곳에서 유래된 걸로 압니다."

"대폭발, 제국 발바롯사……."

석영이 가지고 있는 지식으로 한문은 중국에서 유래됐다. 아시아권은 상당수 많은 국가가 한문을 사용했고, 한국도 한글이 생기기 전까지는 한문을 썼다.

'중국이 아니라 발바롯사? 뭐냐, 그 듣도 보도 못한 나라는.'

게다가 제국이라니…….

아니, 제국이란 단어는 이해할 수 있다.

'뭐가 뭔지 하나도 모를 세상이다.'

석영은 그렇게 정의를 내렸다.

'하지만 알아가는 재미는 있겠어. 아주 많이.'

모험.

이 단어가 주는 흥분에 석영은 몸이 점점 떨려오는 것을 느꼈다. 리얼 라니아였다면 어느 정도 알고 있어 흥미가 좀 떨어졌을 거다. 하지만 지금은 아니었다. 아예 아무것도 모르는 세상.

'대화는 아주 자연스럽게 게임처럼 처리했어.'

한국어는 당연히 아니었다.

분명 서로 다른 언어로 대화하고 있지만 아주 자연스럽게 대화가 통했다. 이런 부분은 또 게임 같았다.

"초인, 흔한 겁니까?"

석영이 묻자 휘린이 천천히 고개를 저었다.

"흔하지 않아요. 정말 희귀하지요."

"희귀하다…… 초인의 기준이 뭡니까?"

"기운을 다루는 걸로 알고 있어요. 자유자재로."

"기운?"

"왕국에 따라 기(氣), 마나, 에테르 등등 명칭은 다르지만 결국 뜻하는 건 하나지요. 몸속에 기운을 담고 그걸 토대로 범인은 절대로 불가능한 일을 실현하는 것."

아마도 석영의 그 트레킹 샷 때문인 것 같았다. 평범한 궁수의 사격은 절대로 그렇게 휘어들어 갈 수 없으니까. 아니, 곡선은 그릴 수 있다. 하지만 떨어지면서 다시 상승하거나 지그재그로 날아가는 못할 것이다.

'하지만 그런 공격이야 이제 유저들이 접속하면 넘쳐나기 시작할 텐데.'

신세계의 밸런스가 무너지는 소리가 벌써부터 들려왔다. 하지만 석영은 모르고 있었다. 에피소드2가 지금 시작되었음을. 그리고 에피소드2는 철저한 솔로 플레이라는 것을.

"석영 님은 초인이니 용병패도 금방 얻을 수 있을 거예요. 그럼 신분 문제는 금방 해결이에요."

"고맙습니다."

휘린은 친절했다.

이렇게 친절해도 되나 싶을 정도로.

"휘린 님은 앞으로 뭘 하실 겁니까?"

"이곳 기사의 성에서 거래를 하고 본가가 있는 곳으로 돌아가려고 해요."

"본가?"

"네, 이곳 기사의 성에서 정북 방향으로 열흘 정도 올라가면 나오는 리안 성이랍니다. 그곳이 제가 자란 곳이자 본가가 있는 곳이에요."

"흠."

"며칠 소요될 테니 석영 님의 여관비와 식비는 제가 낼게요. 도움을 주신 데 대한 답례이니 너무 부담 갖지 않으셔도 돼요."

"감사히 받겠습니다."

석영은 호의를 거절하지 않았다.

휘린이 미녀라서 호감 가는 게 아니었다. 그냥 지켜주고 싶은 욕구가 무럭무럭 자라게 만드는 여인이었다. 그렇다고 홀린 건 아니었다. 한지원과 아영의 미모도 휘린에 비해 결코 꿀리지 않으니 말이다. 둘과 하도 붙어다녀 일종의 내성이 생긴 석영이다.

"그럼 오늘은 늦었으니 이만 쉬기로 해요."

"알겠습니다."

오늘은 이걸로 끝.

방으로 돌아간 석영은 조용히 중얼거렸다.

"인벤토리."

우웅.

이런 게임 기능은 살아 있었다.

캐릭터 인터페이스야 없어진 지 이미 오래됐지만, 그나마 인벤토리가 열리는 것에 안도하는 석영이다. 이 안에 아이템, 골드가 고스란히 담겨 있으니 말이다. 인벤토리를 닫은 석영은 침대에 누웠다.

새로운 성이다.

신녀는 없고 대신녀가 있는 곳은 어디인지도 모른다. 괜히 지금 나가봐야 길을 잃기 딱 좋았다.

"그런데 잠은 올까?"

이런 의문도 품어보는 석영이다. 하지만 의문을 가진 게 무색하게 채 10분도 지나지 않아 잠에 빠져들었다.

*　　　　*　　　　*

기사의 성의 아침은 무시무시했다. 지옥철을 아나? 출근길, 퇴근길의 지하철을 말함이다. 수도 서울의 지하철은 정말 전쟁터에 가깝다. 그럼 여긴? 지옥철은 애들 장난 수준이었다.

"인산인해라는 말은 이럴 때 쓰라고 있는 것이군."

방 창문을 통해 지나다니는 사람들을 보며 석영이 뱉은 감상이다.

사람이 너무 많아 밖으로 나갈 엄두가 나지 않았다. 하지만 지하철도 그렇듯 한두 시간 정도 지나자 사람이 좀 빠지기 시작했다. 휘린이 말하길, 기사의 성이지만 으레 그렇듯 농업에 종사하는 사람들이 많기 때문이었다. 그 말에 석영도 고개를 끄덕였다. 기사의 성으로 오면서 주변에 광활하게 펼쳐진 농경지를 석영도 두 눈으로 똑똑히 봤다.

점심을 먹고 나서야 밖으로 나온 석영은 휘린이 알려준 방향으로 걷기 시작했다.

신전.

지금 석영이 찾아갈 곳이다.

기사의 성이라 그런가?

'기사 복장을 한 이들이 엄청 많군.'

곳곳에 기사 예복으로 보이는 복장을 한 이들이 넘쳐났다. 현실의 카페 같은 분위기가 물씬 풍기는 곳에서 레이디들과 도란도란 티타임을 즐기는 기사들도 있었고, 공개 연무장 같은 곳에서 구슬땀을 흘리는 견습 기사들도 있었다. 한가해진 기사의 성을 한마디로 정의하자면 정적의 극치다.

소란스러움이 없었다.

시장을 지나가도 조용했으며, 상가를 지나가도 조용했다. 호객 행위 따위는 아예 없었다. 누가 보면 무슨 시골 마을 분위기인지 오해할 것 같았다.

물론 아예 소음이 없지는 않았다. 간혹가다 큰 소리도 들려오긴 했다. 하지만 그것도 잠깐이었다. 발 빠르게 움직이는 순찰 기사들이 상황을 바로바로 마무리했다.

광장에 도착한 석영은 텔레포트를 운영한다는 곳으로 갔다.

"어서 오십시오."

"우르힌 성으로 가고 싶습니다."

"우르힌… 성요?"

"네."

"그런 성은 없습니다만……."

"…네?"

'이건 또 무슨 개소리지?' 하는 심정이 된 석영은 말문이 턱 막힘을 느꼈다. 우르힌 마을이 없다니? 왜?

"글로츠 마을은요?"

"그것도 목록에 없는 지역입니다."

"허허."

결국 할아버지 웃음이 나온 석영이다. 하지만 표정은 밖에 며칠 꺼내놓은 바게트처럼 딱딱하게 굳어 있었다.

'대륙, 왕국 이름은 다르지만… 그래도 라니아잖아?'

관리자로 보이는 이의 빤한 시선에 석영은 잠시 입술을 깨물었다가 고개만 까닥 숙여 인사를 하고 밖으로 나왔다.

"이게 뭔데……."

석영은 헛웃음이 나왔다.

멀쩡한 마을과 성이 순식간에 사라졌다.

석영은 바로 신전을 찾아갔다. 빠른 걸음으로 한참을 걸었다. 대로를 따라가면 된다고 해서 찾는 건 어렵지 않았다.

두 시간. 신전에 도착하기까지 걸린 시간이다. 마차도 있었지만 석영은 머릿속이 복잡해 그걸 이용할 생각조차 못 했다.

신전 입구로 들어서자 거대한 대리석을 깎아놓은 신녀상이 보인다. 석영은 바로 다가가 툭 건드렸다. 그러자 시야가 흔들렸다. 아니, 빙글빙글 돌았다.

'억!'

속으로 비명이 나올 때쯤 석영은 화장실에 서 있었다. 신녀의 어깨 너머 거울로 자신의 모습을 보았다.

짝!

손으로 뺨을 한 대 친 석영은 바로 방으로 향했다. 게시판에 접속하기 위해서이다.

위이잉!

컴퓨터 본체가 부팅되며 운영 체제로 들어가기까지가 왜 그렇게 길게 느껴지는지 속이 바싹 타는 기분까지 들었다.

화면이 뜨자마자 아직 제대로 부팅도 안 됐는데 게시판에 접속했다. 예상대로 난리가 났다.

다들 자신이 겪은 일들을 올려놨는데 그게 아주 가관이다.

전부 제각각이었다. 성 이름, 마을 이름, 왕국의 이름, 혹은 대륙의 이름까지 신세계는 유저들마다 달랐다. 어이가 없고 허탈한 심정이다.

유저의 수는 정말 많았다.

한국만 해도 몇백만이 족히 넘는데, 그 유저들이 전부 다른 세계로 흘러갔다고? 이건 진짜 말도 안 되는 얘기였다.

"퀘스트?"

개중에는 퀘스트를 받았다며 글을 올린 유저도 있었다. 석영은 글을 자세히 읽었다. 간추리자면 이랬다.

사냥 도중 습격 중인 모험가 파티를 발견했는데, 그 모험가 파티의 리더는 사실 왕국의 공주이자 계승 서열 1위이며 무지막지한 미인이라고 했다. 숙부의 계략으로 국왕이 독살당했고, 그 죄를 덤터기 쓰고 쫓기고 있는 중이라고 했다. 그 미녀는 유저의 실력을 보며 도움을 청했고, 도와주면 소원을 들어준다고 했단다. 심지어 자신의 몸까지. 유저는 그걸 하나의 퀘스트로 봤다고 했다.

그 외에도 몇몇 비슷한 경험을 한 유저들이 올린 글도 보였다. 석영은 그 글을 보며 휘린을 떠올렸다.

거의 두 시간에 걸쳐 게시판에 올라온 글을 확인한 석영은 테라스로 나왔다. 찬바람이 전신을 때렸지만 아랑곳하지 않고 담배를 입에 물었다.

퐁, 지이익.

"후우……."

뿜어지는 담배 연기는 곧바로 바람에 날려 사라졌다. 머릿속이 정말 혼돈의 카오스다, 혼돈의 카오스.

피식.

문득 같은 말이라는 걸 깨닫고 웃었다.

그 순간이다.

리얼 라니아 오류 발생

긴급 오류 점검 시작

소요 시간 180~200일

점검 기간 동안 전 유저 신세계 랜덤 퀘스트 부여

점검 완료 시 퀘스트 진척도에 따른 차등 보상 지급

강제 퀘스트. 유저 일주일 미 접속 시 강제 소환

Good Luck

연달아 들려온 시스템 공지에 석영은 입에 문 담배가 재가 될 때까지 정신을 차릴 수가 없었다.

시스템 공지.

역시나 늘 그랬듯 갑작스러웠다. 하여간 상냥함이라고는 눈곱만큼도 없었다. 공지를 곱씹은 석영은 다 타버린 담배를 버리고 새 담배를 다시 입에 물었다.

퐁, 지이익.

종이가 타며 나는 익숙한 소리가 석영의 정신을 겨우 현실로 되돌려 놓았다.

'오류? 점검? 퀘스트? 보상?'

전부 알아먹을 수 있는 말이긴 했다. 하지만 석영이 주목하는 건 저 단어들이 아니었다.

"일주일 미접속 시 강제 소환이라……."

이건 신세계에서의 사망 페널티로 인해 접속을 꺼리는 유저들을 강제로 게임에 집어넣는 것과 다름이 없었다.

"그래, 리얼 라니아……. 네가 배려 따위를 해줄 리가 없지."

여태껏 단 한 번도 유저를 배려해 준 적 없는 시스템이다. 이번에도 마찬가지였다. 유저들이 접속을 안 한다는 걸 알고 곧바로 강제 소환 설정을 넣었다.

"후우……."

담배를 비벼 끈 석영은 다시 방으로 향했다.

게시판은 역시나 난리가 났다. 온갖 욕설로 도배되고 있었고, 일부는 이럴 줄 알았다는 글을 올리고 있었다. 이제 죽기 싫어 라니아에 접속하지 않는 일은 일어나지 않을 것이다. 모조리 강제로 소환당할 테니까.

"이러나저러나 죽기 싫으면 싸우라는 거지."

의도는 그야말로 명백했다.

몬스터 소환.

그에 대비해 강해져라.

정말 이렇게밖에 볼 수가 없었다. 제대로 된 정보는 보이지 않았다. 새로 고침을 할 때마다 올라오는 건 욕뿐이다.

우웅! 우웅!

한지원이 부숴서 새로 급조해 가져다 놓은 테이블 위에서 핸드폰 진동 소리가 들린다. 가서 확인해 보니 아영이다.

"응."

―오빠, 나왔네요?

"나왔으니 전화 받지. 왜?"

―공지! 공지 들었죠?

"당연히 들었지."

잔뜩 흥분한 아영이의 목소리에 석영은 아영이도 자신처럼 플레이 쪽으로 마음먹었다는 걸 알 수 있었다. 그게 아니었으면 침울해야 정상이다.

―오빠 어디예요?

"어디냐니? 집이지."

―아뇨! 지금 말고 라니아 속!

"휘드리아젤 대륙, 프란 왕국, 기사의 성. 너는?"

―어, 대륙은 같네요? 저도 휘드리아젤 대륙에 있어요! 지금 있는 곳은 대륙 서쪽 끝 쿠르스 공국이고!

"쿠르스 공국이라……."

공국.

공작급 이상, 대공, 혹은 공왕이 통치하는 나라라 할 수 있다.

'최소한 같은 대륙이라 이거지?'

석영은 어쩌면 수천의 차원을 유저에게 부여한 건 아닐 수도 있겠다 싶었다. 하지만 이것도 장담할 수는 없었다. 아직은 모든 게 오리무중이다. 그러나 한 가지는 확실했다.

'절대로 라니아 세계관은 아니야.'

유저들을 아주 자연스럽게 리얼 라니아에서 다른 신세계로 보냈다. 마지막 접속 때 시작 장소는 분명 우르힌 마을이었다. 하지만 밖으로 나서서 사막 경계선을 따라 이동했을 때…….

'분명해. 그때 옮겨졌어.'

―오빠!

"응, 말해."

―이제 뭐 할 거예요?

"뭘 하냐니? 자야지. 졸려죽겠다. 정신적으로 너무 지쳐서."

―아, 그래요? 아, 배고픈데.

피식.

아영이의 말에 석영은 그냥 웃고 말았다. 대놓고 밥돌이 취급하는 게 이제는 익숙해져 그냥 무덤덤했다. 그리고 그런 자신이 어처구니없어 나온 웃음이다.

"잘 거야."

―네…….

대답이 늘어져 '눼에'로 들렸지만 석영은 무시하고 전화를 끊었다. 전화를 끊고 저녁을 해결한 석영은 씻고 바로 침대에 누웠다. 그리고 기절하듯 잠에 빠져들었다.

　　　　　*　　　　　*　　　　　*

　다시 접속한 석영을 기다리는 건 이번에도 변하지 않았다.

　"하루 간… 제가 없었다고요?"

　"네, 그래서 저는 다른 곳으로 간 줄 알았어요."

　석영은 눈을 끔뻑였다.

　분명 어제 점심나절에 여관을 나서서 저녁이 되기 전 신전에서 로그아웃을 했다. 그런데 휘린은 자신이 하루 간 없었다고 한다.

　'저녁에 돌아오지 않아서?'

　석영은 전신에 소름이 쫙 내달리는 걸 느꼈다. 어찌나 세게 내달리는지 몸이 부르르 떨릴 지경이다.

　'리얼… 타임이라고? 일대일 시간 비율인 거야? 아니, 잠깐.'

　생각해 보니 리얼 라니아도 그랬다. 거기도 일대일로 시간이 흘렀다. 게임 속 하루가 현실에서도 하루. 그런데 그걸 이상하게 생각한 적이 없었다. 그냥 그런가 보다 했는데, 지금 생각하니 거기에는 꽤나 중요한 의미가 있었다.

　'애초에 게임이 아니었던 거지. 게임 시스템 때문에 혼동한 거야, 다른 세계를 게임이라고. 하, 골 때리는구나, 진짜.'

　변하지 않는 어이없음이다.

　게임이라 생각하게 만드는 설정들.

아이템, 인터페이스, 인벤토리, 창고 등등.

석영은 거기까지 생각하다가 급히 멈췄다.

'아니, 아니지. 그럼 접속자를 골라내는 방법에서 문제가 생겨. 차라리 생각하지 말자. 어차피 시간이 지나면 답이 나오니까.'

그렇다면 지금 할 일은 하나다.

강해져서 살아남는 것.

석영은 고개를 돌려 조용히 자신의 앞에 앉아 있는 휘린을 바라봤다. 그녀는 차분했다. 호수처럼 가라앉은 눈빛은 어려서부터 받았을 교육에 맞물려 석영이 겪어보지 못한 기품을 자아내고 있었다.

'퀘스트······.'

석영은 확신할 수 있었다.

휘린 라블레스.

그녀가 퀘스트를 내줄 사람이라고.

"거래는 잘됐습니까?"

"네, 나쁘지 않았어요. 다행히 제가 상재가 조금 있나 봐요."

석영의 질문에 조용히 웃는 휘린의 모습은 그야말로 심쿵하게 만드는 뭔가가 있었다. 이 여자가 현실로 튀어 나가면 정말 뭇 남성들 심장에 숭숭숭 구멍을 뚫어버릴 게 분명했다.

"매번 이렇게 상행을 합니까?"

"아니요. 보통은 맡겨요. 상단주의 자리는 처리해야 할 업무가 엄청 많거든요. 하지만 저는 이제 얼마 안 된 초짜라서 상행부터 배울 생각이에요. 서류 업무는 돌아가서 배울 생각이고요."

석영은 말없이 고개를 끄덕였다.

이런 쪽으로 지식이 없는 석영이라 저 말이 옳은지 그른지 파악할 수는 없었다. 다만 본인이 그렇게 하겠다니 고개를 끄덕였을 뿐이다.

'퀘스트. 으음, 어떻게 해야 받지? 도와달라고 부탁해야 하나?'

석영은 이 부분이 확신이 안 섰다.

세계가 바뀌며 만난 휘린. 이 여자가 퀘스트를 줄 사람이라는 확신은 섰는데 방법을 모르겠는 석영이다.

대뜸 '도와줄까?' 이렇게 말해보고 싶지만 그랬다간 이상한 놈으로 오해받을 것 같아서 바로 포기했다.

옷차림을 봐도 분명히 정상적으로 운영 중인 상단의 주인은 아니었다. 그랬다면 저렇게 평민이 입을 옷을 입고 있진 않을 것이다.

수수한 것도 좋다. 사치가 없다는 말이니까. 하지만 그 수수함이, 사치가 없음이 거래 때는 발목을 잡을 수도 있는 법이다. 깔보기 때문이다. 그래서 가격도 막 후려치고, 그걸 다시 돌려놓는 상황에서 부딪침이 있을 수도 있는 법이고, 어쨌든 이래저래 사업을 할 때는 약간의 사치는 반드시 필요했다.

'그걸 모르지는 않을 것 같은데도 저런 옷차림이면……'

정말 힘들다는 것밖에 답이 없다.

도와주세요.

그 한마디를 해주면 좋겠는데 그러질 않는다.

'저렇게 연약해 보여도 자존심은 강해. 지금도 그래. 이 세상의 기준으로 내가 초인이란 걸 알면서도 조금의 굽힘도, 두려움도 없어.'

석영은 휘린을 다시 보게 됐다.

지금도 자신과 눈이 마주친 상태로 가만히 있다. 조금의 미동도 없이. 평정을 유지하는 법도 뛰어나 보인다. 그래서 석영은 미안하지만 한번 흔들어보기로 했다.

"혹시 힘든 일이 있습니까?"

"…무슨 뜻이에요?"

잠깐의 머뭇거림.

석영은 더 파고들어 갔다.

"휘린 님의 모습에서, 분위기에서 그렇게 느꼈습니다."

"……"

안 그래도 힘없이 착 가라앉아 있던 눈빛이 더 가라앉아 갔다. 반개(半開)한 눈이 이제는 감은 것처럼 보일 정도이다. 흰자는 사라지고 푸른빛이 감도는 눈동자만 보인다.

석영은 거기서 더 말을 꺼내지 않았다. 자극은 했지만 여기까지가 딱 적당했다. 이미 식은 차를 입에 가져다 댄 휘린이 잔을 내려놓으며 천천히 눈동자처럼 푸른 입술을 열었다.

"왜 그렇게… 느끼셨어요?"

"분위기, 말투."

"……."

"그리고 복장."

"이런……."

휘린이 살짝 자조적인 웃음을 지었다. 그러자 석영의 말에 뒤에서 이미 얼굴을 굳힌 노기사 헨리와 라울이 나서려 했다. 그러나 휘린이 먼저 손을 사르르 내미는 걸로 둘의 행동을 막았다.

"맞아요. 저희 라블레스 상단은 지금 힘든 상황이에요."

그 말이 나오자마자 뒤에서 노기사 헨리가 '단주님!' 하고 짧게 소리쳤고, 라울은 눈빛에 적의를 담아 석영에게 향했다. 하지만 라울 정도로 석영에게 겁을 줄 순 없었다. 그리고 이미 내친걸음이다.

"그럴 거라 생각했습니다."

"하지만 그렇다고 도움을 구. 걸. 할. 생각은 없어요."

또박또박 끊어 말하는 휘린.

그녀의 눈은 다시금 떠져 있었는데, 이번엔 그 안에서 다른 감정이 엿보였다.

의지였다. 굳건하게 스스로 해내겠다는 의지.

'고집은 아니야. 자신감이 부여된 의지. 물건인데?'

고집이었다면 분명 티가 났을 것이다. 그리고 지금보다 더 격렬한 반응이 있었을 것이다. 고집은 석영도 충분히 많이 부려 잘 알고 있었다. 석영은 방법을 갈아타기로 했다.

"저는 이곳 프란 왕국은 물론, 휘드리아젤 대륙을 잘 모릅니다."

"……?"

뜬금없이 나온 석영의 말에 휘린이 고개를 잠깐 갸웃거리다가 다시 원상태로 되돌렸다.

"신분을 증명하기 위한 용병 가입, 좋습니다. 하지만 용병이 아무리 자유롭다고 해도 용병은 용병. 결국 용병단에 가입해야 합니다."

휘린은 말없이 석영의 말에 집중했다. 뒤의 두 사람도 이제는 굳은 표정을 풀고 적의 없는 눈빛으로 석영을 보고 있었다.

"세상을 알아야 하는 저이고, 어딘가에는 가입되기 싫고."

"아……."

석영의 그 말에 휘린이 작게 탄성을 흘렸다. 석영이 하는 말의 의도를 눈치챈 것 같았다.

'눈치까지 좋군.'

목을 가다듬고 석영은 한마디를 더 뱉었다.

"거래를 했으면 합니다."

"거래라……. 대상은 석영 님이 가진 무력과 제가 가진 이 세상의 상식, 지식인가요?"

"물론입니다. 그 이상은 바라지 않겠습니다."

"석영 님."

"네."

잠시 석영을 보며 머뭇거리던 휘린이 결심했다는 표정으로 말을 이었다.

"저는 석영 님을 믿지 못해요."

"저도 물론 휘린 님을 완전히 믿지는 못합니다."

"제가 드린 호의는 위험을 벗어나게 해주신 데 대한 보답이에요."

"저는 제 안목을 믿을 뿐입니다."

거무튀튀한 원목으로 만든 테이블 위에 침묵이 사르르 깔렸다.

시선을 서로 맞추고 피하지 않았다. 눈싸움이 아니었다. 탐색과 방어였다. 휘린은 석영의 말이 참인지, 다른 의도는 없는지에 대한 파악에 가까웠고, 석영은 그런 휘린에게 신뢰를 주기 위한 방어였다.

오 분 정도 지났을까?

휘린이 천천히 입을 열었다.

"기간은요?"

그 말이 떨어지기가 무섭게 울리는 시스템 공지.

유저 넘버 07 정석영 님, 퀘스트를 시작합니다.

씨익.
석영의 입가에 순수한 미소가 그려지는 순간이었다.

episode 20
서로 다른 퀘스트

리안 성.

이곳을 한마디로 표현하자면 물류 창고 같은 곳이었다. 거대한 원형의 성에 시계의 정시 초침이 있는 곳마다 거대한 물류 창고를 곳곳에 박아두고 그 안쪽으로 주거 지역과 상업 지역이 몰려 있는 형태였다.

"불나면… 다 죽겠네."

"네?"

불쑥 나온 감상평에 휘린이 되물었고, 석영은 고개를 그냥 저었다. 리안 성의 구조는 극히 불안했다.

만약 내전이나 전쟁이 생겨 리안 성의 저 창고들에 불만 붙으면 무조건 함락시킬 수 있을 것 같았다. 물론 화공으로 무수히 많은 백성이 죽겠지만.

"아직 본가까지는 멀었습니까?"

"아니요. 거의 다 왔어요. 음, 십 분?"

십 분이면 거의 다 왔다.

그 십 분 동안 걸으며 석영은 생각했다.

퀘스트는 받았다.

시스템 공지가 알려줬으니 그건 확실했다. 하지만 문제는 퀘스트 완료 조건에 대한 게 없었다.

'진척도에 따른 보상이라고 했으니 방향만 잘 잡아서 나가면 된다는 소린데……'

문제는 방향을 잘못 잡으면 정말 폭망할 수도 있다는 점이다. 그래서 석영은 아직 방향을 잡지 못했다.

휘린에게 넌지시 물어도 봤지만 그녀는 그저 조용히 웃는 것으로 대답했다.

'육 개월, 길면 길고 짧다면 짧은 기간. 남들보다 최대한 빨리 완료해야 돼.'

완료가 어렵다면 진척도라도 최대한 높여놔야 했다. 그에 따른 차등 보상이니 높으면 높을수록 고가치의 보상을 받을 수 있을 거라 생각됐다. 이게 현재 석영의 최대 고민거리였다.

십 분. 길지 않은 시간이다.

"여기예요."

"음……."

손을 펼쳐 삼 층 저택을 가리키는 휘린.

석영은 그 저택을 눈에 담는 순간 나직한 탄성을 흘렸다.

삼 층 저택이라지만 결코 크지 않았다. 오히려 이곳에 오며 기사의 성에서 본 저택에 비하면 정말 초라할 정도로 작았다. 마당도 그렇고 창고로 쓰이는 곳들도 마찬가지였다. 하지만 라블레스가의 저택에는 다른 저택에 없는 멋이 있었다.

바로 고(古)적 미가 그대로 남아 있었다.

낡아 보이는 외형이나 그 낡음에는 멋이 있었다. 벽을 둘러싼 넝쿨에도 고고함이 깃든 것 같았다. 제대로 손질이 안 된 정원도 마찬가지이다. 난잡해 보이나 일정한 질서가 있어 보였다.

'이런 걸 고택(古宅)이라 하던가?'

순간 석영도 자신의 집을 이렇게 꾸미고 싶은 요구를 느낄 정도였다. 라블레스가의 저택은 그 자체로 하나의 예술품이었다.

"좀 난잡하지요?"

휘린은 그렇게 말했지만 오히려 자부심이 느껴지는 목소리다.

"아니, 아닙니다."

그래서 석영은 바로 부정해 줬다.

사실 눈이 돌아갈 만큼 멋진 집이었으니까.

"고마워요. 그럼 들어갈까요?"

휘린은 품에서 열쇠를 꺼내 직접 정문의 철창을 열었다.

끼이이익!

귀를 자극하는 소리와 함께 문이 열렸고, '기름칠 좀 해야 겠네'라고 작게 중얼거리는 휘린의 목소리가 뒤이어 석영의 귀에 들렸다.

예상했지만 역시 라블레스가엔 고용인이 없었다. 주인인 휘린이 왔는데도 마중을 나오는 이가 한 명도 없었다.

그런 사실에 휘린이 멋쩍은 듯 웃고는 안으로 들어가자고 손짓했다. 석영은 좀 떨어져서 걸었다.

달칵!

저택의 문이 열리자 빛이 들어가며 그 안의 풍경이 모습을 드러냈다. 안도 마찬가지였다.

예술에 대해 잘 모르는 석영도 떠올릴 수 있는 것.

'여백의 미.'

비어 있는 부분조차 인테리어로 사용한 것 같은 내부 풍경이다.

"한동안 집을 비웠더니 먼지가 많이 쌓였네요. 죄송하지만 잠시 밖에서 기다려 주시겠어요?"

휘린이 얼굴을 살짝 붉히며 말하자 석영은 말없이 고개를 끄덕이고는 밖으로 나왔다. 안 그래도 정원을 좀 더 둘러보고 싶었다. 석영이 나오자 노기사 헨리가 조용히 따라 나왔다.

"볼 건 없지만 제가 안내를 해드려도 괜찮겠습니까?"

"물론입니다."

노기사 헨리.

이 노년의 기사는 항상 정중했다.

정신 수양이 어마어마한지 웬만한 일에는 그 부동심이 절대로 흔들리지 않았다. 제자 라울 또한 헨리에 비해 부족하긴 하지만 그래도 또래보다는 평정심이 뛰어나 보였다. 헨리의 가르침 때문일 것이다.

그래서 석영은 이 노기사가 마음에 들었다.

"여긴 전대 어르신께서 애지중지하던 곳입니다."

저택의 우측 벽을 돌자 작은 연못이 나왔다. 관리만큼은 확실히 하고 있는 것 같았다. 수풀이 아닌 잔디가 깔려 있었다. 나무들도 좀 자라긴 했지만 그래도 무성하진 않았다. 연못이 있는 공간을 해치는 건 아무것도 없었다.

그렇게 잠시 구경하다 뒤로 가는 헨리.

"이곳은 연무장입니다. 전대 가주님과 휘하 가신들이 무예를 연무하던 곳입니다."

뒤뜰은 넓었다.

저택 앞 정원에 비해 거의 서너 배는 되어 보였다. 충분히 여러 사람이 수련해도 여유로울 연무장이었다.

"저 또한 이곳에서 검을 갈고닦았습니다."

스르릉.

그러면서 검을 뽑는 헨리. 석영은 반응하지 않았다. 그와의 거리는 7m 정도. 이 정도 거리에서 그가 공격한다고 해도 석영에겐 아무런 영향도 끼칠 수 없을 것이다. 그리고 헨리에게

서는 기세가 느껴지지 않았다.

그냥 검만 뽑은 것이다.

"하루의 반을 검을 휘둘렀고, 그렇게 연마한 검술로 전대 가주님을 지켜 드리고 싶었습니다."

"……."

"더불어 라블레스가(家)도 함께."

"……."

"하지만……."

헨리의 손에 쥐어져 있는 검이 조금씩 떨린다. 기운에 떨리는 게 아니라 그가 몸을 떠니 같이 떨리는 것이다.

분노.

그 상태에 빠졌을 때 많이 보이는 모습이다.

하지만 과연 헨리였다.

떨림은 금방 멈췄다.

그새 감정을 추스른 것이다.

"지켜 드리지 못했습니다."

이어서 나온 한마디.

이번엔 자조와 자책의 감정을 담고 있었다. 석영은 집중했다. 지금 이 대화, 퀘스트의 중요한 단서가 될 것 같은 직감이 들었기 때문이다.

후웅!

그가 검을 한차례 가볍게 휘둘렀다. 절제된 동작. 교본이라

볼 수 있는, 군더더기 없는 베기.

"그리고 이번에도… 지켜 드리지 못할 것 같습니다."

"……."

"라울 그 아이를 가르치고는 있지만… 성품이 좋고 노력은 상품이나 재능이 중품이라 만개의 시기는 언제가 될지 가늠도 되질 않습니다."

석영은 한마디도 놓치지 않겠다는 마음으로 들었다.

헨리의 얼굴에 다시금 쓸쓸함이 맴돌았다.

"그래서 공(公)에게 염치없이 부탁을 할까 합니다."

"부탁이라……."

떴다.

석영은 퀘스트의 메인 스토리가 떴음을 직감했다.

"가주님을… 지켜주십시오."

호위, 혹은 경호.

'정말 이걸까? 설마 노리는 적이 있나?'

"적이 있습니까?"

"아닙니다. 하지만 라블레스가의 도약을 싫어하는 곳이 몇 군데 있습니다."

헨리는 솔직하게 대답했다. 이어 한숨을 쉬고 다시 입을 열려는 찰나, 헨리의 제자 라울이 달려왔다.

"청소 다 끝났습니다!"

그 외침에 둘은 잠시 바라보다 이내 신형을 한곳으로 돌렸다.

대화는 일단 여기에서 끝났다.

*   *   *

휘린은 옷을 갈아입고 직접 차를 내왔다. 고용인이 한 명도 없어 그녀가 직접 움직이고 있었다. 아, 헨리나 라울은 차를 타는 데 있어서 최악의 솜씨를 자랑한다고 한다. 그러니 그녀가 직접 움직일 수밖에 없었다.

차를 마신 다음 다시 본론으로 들어갈 차례다.

그걸 다들 알고 있어서인가?

티타임은 짧게 끝났다.

"라블레스가의 목표를 알고 싶습니다."

라블레스가의 목표, 이건 곧 휘린의 목표나 꿈을 말함이다. 휘린도 그걸 알았는지 살짝 인상을 굳히고 생각에 잠겼다.

그녀는 장고에 들어갔다. 대충 생각하는 게 아니라 현재 자신이 보유한 초인(超人) 석영의 도움으로 얻을 수 있는 선을 생각 중이었다. 그녀는 딱 봐도 똑똑하게 생겼고 실제로도 똑똑했다.

일 분, 오 분, 십 분이 지나도록 그녀의 생각은 끝나지 않았다. 석영은 보채지 않았다. 확인할 게 있었기 때문이다.

헨리의 부탁이 메인인지, 아니면 휘린의 대답이 메인인지.

'제대로 가고 있다면 또 공지가 뜨겠지.'

신세계에 어울리지 않는 그 시스템을 믿기로 했다. 이십 분 정도 지났을 때쯤 휘린의 고개가 들리며 푸른 입술이 천천히 열렸다.

"옛 성세를 회복하고 싶어요."

"……."

"그리고… 그걸 굳건히 지킬 힘을 얻고 싶어요."

그 말이 끝난 순간.

퀘스트 메인 스토리 등장
퀘스트 서브 스토리 등장

두 개의 공지가 순서대로 석영의 머릿속을 띵띵 울리고 사라졌다. 이로써 석영은 자신이 해야 할 일을 대략적으로나마 확인할 수 있었다. 그래서 마음이 조금은 편해졌다. 하지만 그렇다고 표정을 풀진 않았다.

더 알아야 할 게 많았기 때문이다.

"옛 성세, 어느 정도였습니까?"

"리안 성의 오 대 상단 안에 들었어요."

"프란 왕국에서 본다면?"

"리안 성은 상업의 중심지예요. 이곳에서 동서남북, 네 개의 국가로 가는 모든 물자가 모여들고 흩어지지요. 이런 곳에서 상단을 운영하는 건 매우 힘들고 유지하는 건 더더욱 힘들어요. 게다가 순위권까지 들었다면 말할 것도 없어요."

"그럼 리안 성의 순위권 일좌를 차지하면 프란 왕국 내에서도 일좌를 차지할 수 있습니까?"

"네."

"흐음……."

그렇다면 꽤나 어려울 것 같았다.

왕국 내 탑의 자리를 차지해야 할 상황이니 말이다. 하지만 석영은 이 퀘스트라는 것에 빠져보기로 했다.

'어디 한번 미쳐보자고.'

등줄기를 타고 소름이 내달렸다.

모험, 그 단어가 주는 흥분.

도전, 그 단어가 주는 전율.

어느 것 하나 나쁘지 않았다.

"지금 당장 가장 먼저 해야 할 일은 뭡니까? 제게는 육 개월의 시간밖에 없습니다. 그마저도 이미 십 일을 여기까지 오면서 썼습니다."

"상단이 클 수 있는 가장 좋은 방법은… 역시 거래입니다. 원거리든 근거리든 물건을 교역하는 게 가장 빨리 성장할 수 있겠지요."

"교역이라… 이제부터 불쾌한 질문을 할지도 모릅니다. 괜찮습니까?"

"그 이전에 맹약의 서를 작성해 주셨으면 해요."

"맹약의 서?"

"네, 일종의 마법이 걸려 있는 서에 서로 간 배신행위를 금지한다는 항목을 넣고 피로써 맹세했으면 해요."

"음……."

처음 듣는 아이템이다.

하지만 이곳은 신세계. 저런 아이템이 있다고 해도 이상할 건 없었다. 재빠르게 라울이 맹약의 서를 가지고 왔다. 딱 보니 이 물건, 상단 간 거래에 사기를 못 치게 만드는 용도로 쓰일 것 같았다. 그리고 지금처럼 사람을 고용할 때도 말이다.

"목숨을 해할 수는 없어요. 하지만 손가락이나 배신행위 크기에 따라선 손목 정도는 날릴 수 있어요."

"재미있는 물건이군요."

"괜찮겠어요?"

"물론입니다."

퀘스트.

석영은 솔직히 지금 굉장히 흥분한 상태였다. 마치 수없이 많이 탄생된 한국형 판타지 소설 속에 들어온 기분이다. 그리고 그 안의 주인공이 된 기분이다. 이런 기분, 또 언제 느껴볼 수 있을까? 괴물 한지원이 옆에 있는 한 느끼기 힘들 것이다.

맹약의 서는 순식간에 쓰였는데 딱 배신행위만 막는 조항이 들어갔다. 그 배신은 어떤 형태로도 용납이 안 된다는 조항도 붙었다. 단순한 위험에 방조 자세를 취하는 것도 배신으로 간주된다는 소리였다.

우웅!

피를 흘리자마자 두 장의 맹약의 서가 빛을 뿜었다.

이로써 유저마다 각각 다르게 부여되는 신세계 퀘스트가 제대로 서막을 열었다.

석영의 퀘스트 서막이 열렸을 때, 한지원은 어두운 숲길을 걷고 있었다. 고양이처럼 가볍게 발소리조차 죽인 채로. 그녀의 목표는 이 숲길을 10분간 더 이동하면 나오는 별장에 있었다.

사사삭.

"별장에 있는 거 확실하지?"

―그럼. 분명 거기 있어. 어떤 여자 하나가 남자 둘을 끌고 들어가는 거 정찰 팀 애들이 제대로 확인했으니까.

"알았어."

근 한 달 전에 일어난 엽기 살인 사건, 사지 절단은 기본이고 복부를 갈라 몸속에 있는 걸 죄다 끄집어낸 살인 사건이고, 이건 아예 매스컴을 타고 외부에 흘러 나가지도 않았다. 너무 잔인해서 아예 언론 통제를 한 것이다. 그런데 그걸 시작으로 벌써 한 달 만에 벌써 몇 번이나 일어났다.

'마지막 네 분 남았어요' 하는 메시지 이후 둘이 더 죽었고, 마지막 둘이 지금 별장으로 잡혀갔다.

고양이처럼 내달리길 십 분. 전방이 확 트이며 철제 펜스가 쳐진 별장이 보인다.

"도착."

—오케이. 하나, 둘, 됐어. 들어가.

외부 경비 시스템을 유정은과 그녀의 팀이 순식간에 무력화시키자 한지원은 가볍게 도움닫기 이후 펜스를 타고 넘어갔다.

착.

소리 없이 착지한 지원은 바로 별장 벽으로 달려가 몸을 숨겼다.

"후우, 후우."

숨을 정리한 한지원은 눈을 감고 집중했다. 당연히 아무런 소리도 들리지 않았다. 창문은 전부 커튼으로 가려져 있어 안에서 지금 무슨 일이 벌어지고 있는지 알 길이 없었다.

하지만 지원은 알 수 있었다.

비릿한 피 냄새가 폐부 가득 들이차는 느낌. 이건 실제 향이 아닌, 전장을 전전한 그녀만이 느낄 수 있는 육감으로 느껴지는 더러운 냄새였다. 실제로 이것보다 더욱 지독한 냄새도 맡아봤다.

이름 없는, 지도에 표기도 안 된 그 섬에서 그와 함께 뛴 첫 번째 작전은 이것보다 훨씬 지독한 냄새를 풍겼다.

'어떤 이유가 있든 당신은 죽어야 해.'

그래서 한지원은 이러한 종류의 냄새를 풍기는 그 어떤 사건도 용서치 않았다. 다크 히어로? 어둠의 용사냐고? 그딴 건 관심도 없다. 이제는 볼 수 없는 '그'의 유지를 잇는 것만이 전부였다.

생각은 끝. 감정을 정리한 지원이 조용히 입을 열었다.

"들어간다."

―응, 조심해.

피식.

유정은의 대답에 지원은 피식 웃었다.

지금 누굴 걱정하는 거지?

한지원은 전투간호사 역사상 모든 근접전에서 최강인 여자이다. UFC? 실전 격투? 아니면 각국 여성 특수부대? 입도 벙긋하지 않는 게 좋다. 세상에는 드러난 곳보다 드러나지 않은 곳에 무시무시한 괴물이 더 득실거리는 법이니까.

뒤로 돌아가 가볍게 후문을 딴 지원은 허리를 쭉 편 후 특수 제작 한 대검을 쥐고 당당하게 움직였다.

몸을 숨긴다? 감각은 아직 조용했다. 극한으로 갈고닦은 이 감각까지 숨길 정도의 적이라면 어차피 살아서는 못 나간다. 그러니 최대한 반격이 용이한 편한 자세가 좋았다.

일 층엔 아무도 없었다. 계단을 통해 이 층으로 올라가는 지원. 이 층도 조용했다. 삼 층도 마찬가지.

'그렇다면 남은 건… 지하.'

지하실 입구의 위치는 파악해 뒀다. 먼저 들어가지 않은 건 혹시 지하실이 비었을 때 적이 지하실을 봉쇄할 가능성이 있어서였다. 물론 이번 범죄자가 그 정도로 머리가 돌아가지 않는다는 건 알지만 버릇이다. 수색은 항상 위로 시작하는 것. 기본 중의 기본이다.

지원은 지하실 입구에 섰다. 계단이 마치 지옥의 입구처럼 보였다. 몇 걸음 내려가기도 전에 아주 희미하게 올라오는 피 냄새.

이젠 육감이 아니라 실제로 체감이 되고 있었다. 아주 희미하게 나는지라 계단을 내려가지 않으면 모를 정도였다. 하지만 지금이야 이렇게 희미하지만 문을 열면 가관일 것이다.

문 앞에 선 지원은 다시금 호흡을 정비하고 허리춤에서 커스텀 베레타를 꺼냈다. 물론 그냥 권총은 아니었다. 라니아에서 번 모든 골드와 주문서를 닥치는 대로 써서 강화를 시켜놓은, 방탄유리나 10㎝ 철판도 뚫어버리는 괴물이다.

탕! 탕탕탕!

고리가 있을 곳에 연사한 후 어깨로 문을 확 밀자 튕기듯이 열리는 문. 탄성을 이용해 한 바퀴 구르며 일어난 지원의 시야에는 이미 죽여야 할 대상이 타깃으로 잡혀 있었다.

긴 생머리를 찰랑거리며 고개를 돌리는 여인, 그리고 그녀의 높게 올라간 손, 손에 잡힌 고기 잡는 칼.

타앙!

퍽!

"아악!"

한 번의 사격으로 단방에 칼을 든 손의 손등을 뚫어버렸다. 아니, 아예 날려 버렸다. 거리는 몇 미터 안 되지만, 자세도 제대로 잡지 않은 상태에서 나왔다고 보기에는 믿기 어려운 정밀 사격이었다.

범죄자 여인은 그대로 날아간 손목을 부여잡고 무릎을 꿇었다.

"아악! 아아아!"

손이 그대로 날아갔으니 아플 것이다. 그것도 아주 지독히. 그러니 저런 비명이 나오는 것이다. 하지만 지원은 여기서 확신했다. 군사훈련을 받은 여자는 아니라고. 훈련을 받았다면 손이 날아가도 몸을 날려 피했을 것이고, 곧바로 반격 자세를 취했을 것이다. 그건 혹독한 훈련 과정을 거치면 몸에 배는 습관이다.

"하으! 아파! 아파요! 흐어엉!"

그런데 이 여자는 온몸을 웅크리고 질질 짜고 있었다. 지원은 그래도 다가가지 않았다. 가만히 총구를 겨누고 기다렸다. 통증은 가시지 않겠지만 그래도 익숙해질 것이고, 익숙해지면 이성 또한 조금은 되돌아올 것이다.

오 분? 십 분?

그 이상 기다리고 나서야 흐느낌을 멈춘 여인이 눈물 콧물 범벅인 얼굴을 천천히 들었다. 그리고 지원을 향해 천천히 돌렸다. 그런데 표정이 가관이다.

지독한 고통에 시달리면서도, 눈물 콧물 죄다 쏟아내며 몸부림쳐 놓고도 이 여자는 웃고 있었다.

"에헤헤, 그래도 다행이에요."

"뭐가 다행이지?"

"다 죽였거든요, 헤헤헤."

지원은 힐끔 여인 너머를 확인했다. 이미 봤지만 다시 확인했다. 끌려온 둘은 이미 시체였다. 아니, 고깃덩이였다. 아예 난도질을 쳐놨다. 온전한 부위가 하나도 없었다. 이러한 경우는 딱 하나이다.

원한.

여인이 원한을 가질 이유가 뭐가 있을까?

지원은 몇몇 이유가 떠올랐지만 이내 무시했다. 그걸 알아봐야 이 상황에 아무런 도움도 안 되기 때문이다. 그렇게 생각을 정리하는데, 웃던 여인이 다시 말을 이었다.

"날 죽이러 왔어요?"

"응."

"왜요?"

"살인마니까."

"아, 나 살인마구나?"

"응."

한지원의 기준에 이 여인에게 어떤 사정이 있어도 정상참작을 해줄 수 있는 잣대 자체가 없었다. 위에서 정했고, 한지원도 받아들였다. 죽여야 할 자, 죽이면 그뿐이다. 연민은 조금 느껴지겠지만 그거야 술 한잔으로 털어버리면 그만이다.

"아야야! 그런데 이, 있죠. 사람을 많이 죽이면 살인마죠?"

"응."

"그럼… 인생을 죽이면요? 그것도 살인자나… 살인마가 될 수 있어요?"

인생을 죽이면? 생각해 본 적이 있다. 지원이라고 처음부터 이런 무감정한 킬러 노릇을 하진 않았으니까. 이건 소위 시절 전선에 투입됐을 때도 종종 하던 고민이다. 하지만 답은 내리지는 못했다. 그래서 고민하는 걸 포기했다.

"모, 몰라요? 저, 저는… 그쪽도 살인자라고 생각해요."

"……"

"이 사람들이… 내 인생을 죽였어요. 그, 그래서 나도… 내 인생을 죽인 살인마들을… 심판했어요."

출혈이 많은지 발음이 조금씩 떨리기 시작했다. 지금도 피는 계속해서 쏟아지고 있는 중이니 저대로 두면 분명 얼마 안가 과다 출혈로 요단강을 건널 것이다. 그걸 아나? 알면 지혈부터 했을 것이다. 하지만 여인은 계속해서 에헤헤 웃으면서 말을 이어갔다.

"여, 열심히… 노력해서 교사가 됐어요. 초등학교요. 삼 년 만에 임용을 통과해서… 집에서도 되게 좋아했는데… 히히."

전형적인 패턴이다. 자신의 복수 사유를 구구절절 늘어놓는 건. 지원은 가만히 들어줬다.

"첫… 제자들을 졸업시켰어요. 내 손으로… 애들이랑 사진도 찍고……. 마침 그날이 또 생일이어서… 친구들이랑 클럽에 갔어요. 그, 그런데… 워, 원래 안 좋아하는데… 남친이 싫어하는데……."

"……"

"싫은데… 어쩌다가 룸으로 갔는데… 이후 기억이 없어요."

안 봐도 비디오다.

세상 물정 모르는 순둥이가 친구 따라 클럽 갔다가 인간의 탈을 쓴 짐승한테 당했다는 비디오. 마지못해 끌려간 자리에서 억지로 강권해 마신 한 모금의 술에 약이 있는지도 모르고 당했다는 비디오.

근데 뒷내용이 더 있었다.

"비디오가 찍혔어요. 도, 돌아가면서… 저를 몇 명이서… 몇 번이나… 흐으윽!"

"……"

"그, 그리고… 그걸로 저를 협박했어요."

목소리가 차분해졌다.

끝 톤이 분명하게 착 가라앉았다. 분노가 올라오며, 이성에 살기가 차면서 나오는 차분함이다.

지금은 불쌍한 여자가 아니라 복수에 미친 살인마라는 소리다.

"협박당했어요. 일주일에 한 번씩 저를 불러냈어요. 경찰에
신고하면 집에도, 학교에도… 그리고 어떻게 알았는지 약혼자
집에도 뿌린다고 했어요. 그래도 거절했어요."

"……"

"그리고… 제 인생이 죽었어요."

그럴 거라 생각했다.

애초에 인간의 탈을 쓴 짐승이다. 짐승이니 당연히 못 할
짓이 없다. 이놈들은 불법이든 뭐든 이미 약을 썼다는 것에서
부터 잘못됐다. 게다가 이 여자, 예뻤다. 객관적인 미의 기준
으로 따져봤을 때 충분히 미인이었다. 자신만큼은 아니어도
길을 걸으면 시선을 단숨에 잡아당길 정도로.

"그래서… 복수하고 싶었어요. 마침… 제 동생이 제 명의로
가입한… 라니아가 있었어요."

이 아무것도 모르는 순둥이가 힘을 얻은 배경은 리얼 라니
아였다. 인간을 초인으로 만들어주는 리얼 라니아의 강화 시
스템. 그걸 이용해 힘을 얻은 것이다. 그리고 그녀에게는 애초
에 다른 힘이 있었다.

"거기서 힘을 얻고… 착실히… 착실히 계획했어요. 헤헤, 다
행히 인터넷이 많은 도움을 줬어요."

지식을 얻는 힘.

공부라고 부르는 학습 시스템.

삼 년에 걸쳐 임용시험을 보는 끈질김도 있었다.

이것들이 복수라는 명분 아래 하나로 모였다.

너무 극단적이라고?

아니, 충분히 있을 수 있는 얘기다.

당장 나나 내 주변에만 없을 뿐 내가 모르는 곳 어디인가에서는 분명하게 일어나고 있는 그런 얘기다.

"차분하게… 한 분씩 보냈어요. 다행히 언론에 안 나가서… 다른 분들은 몰랐어요. 제가 복수를 시작했다는 걸. 안심하라는 의미에서 복수한 분들 폰으로… 아무런 의심도 못 하게 연기도 착착 했어요. 헤헤, 잘했죠?"

짐승이 또 다른 짐승을 만들어냈다. 근데 문제는 겨우 하이에나 같은 것들이 사자를 만들어 버린 거다. 비열한, 저열한 방법이나 쓰던 짐승이 애초에 초원의 포식자인 사자를 당해 낼 수는 없는 법이다. 원래라면 불가능하다. 순둥이 여교사가, 털이 복슬복슬한 강아지이던 여교사가 어떻게 사자가 되겠나.

하지만 리얼 라니아가 그걸 가능하게 만들었다.

"에헤헤, 졸리다……."

출혈이 많아서인지 서서히 눈이 풀려가는 게 보인다.

지원은 내린 총구를 다시 들어 올렸다.

"얘기 잘 들었어. 그만 쉬렴."

"헤헤, 그래도 다행이다. 예쁜 언니가 와서. 남자는 무섭……."

타앙!

퍼걱!

헤실헤실 웃던 여인의 미간이 뚫리며 그대로 터졌다. 마치 수박처럼. 절명이다.

가까이 다가가 심장에 확인 사살을 마친 지원은 그대로 몸을 돌렸다.

"정리 끝."

―…수고했어.

한 타임 늦게 들려온 유정은의 대답. 지금의 대화는 다 들었을 것이고, 녹음도 되었을 것이다.

지원은 별장을 빠져나와 다시금 왔던 길, 어둠 속으로 조용히 스며들었다. 그렇게 한참을 달리던 지원은 갑자기 멈춰 서서 하늘을 올려다봤다.

아무것도 안 보였다.

episode 21
신세계의 신고식

일남 일녀가 널따란 원형 테이블에 마주 앉아 있다. 당연히 석영과 휘린이다. 헨리와 라울은 휘린의 뒤에 서서 굳건한 분위기를 연출하고 있었다. 물론 위협은 아니었다. 위협한다고 석영이 위축될 인간도 아니고.

"생각은 해봤습니까?"

"네, 일단 정리는 해봤어요."

휘린이 손을 들자 헨리가 손에 들고 있던 서류를 그녀 앞에 내려놓았다. 잠시 서류를 보던 그녀가 눈을 감고 생각을 정리한 이후 다시 입을 열었다.

"일단 상단이 크려면 당연히 가장 필요한 건 교역품을 살금력과 유통로예요."

"유통은 일단 라블레스가에 맡기겠습니다. 제가 도움을 줄수 있는 건 거래 물품입니다."

"거래 물품요?"

"네. 이곳은 몬스터 사체를 어떻게 처리합니까?"

"그야 가능하면 전문가를 통해서 가공해요."

"가치는 있습니까?"

"물론이에요. 몬스터의 가죽 자체가 일반 가죽에서 얻는 가죽보다 월등히 좋거든요. 잘 가공하면 충분히 좋은 방어구를 만들 수 있어 상당히 좋은 교역품이에요."

"흠……."

그렇다면 다행이다.

석영은 창고에 처박아둔 가죽, 뼈 등을 떠올렸다. 혹시 몰라 죄다 모아놓았는데 잘하면 이걸 이용해 라블레스가를 빠르게 성장시킬 수 있을 것 같았다. 메인 퀘스트는 라블레스가의 성장, 즉 휘린이 원하는 수준까지 라블레스가를 끌어올리는 것. 서브 퀘스트는 그 과정에서 휘린을 지키는 것.

'보상이 뭔지 모르지만 손해를 보며 해볼 만해.'

복불복이라고 해야 할까?

석영은 일단 퍼주기로 했다. 지금 석영은 금전적으로 전혀 부족하지 않았다. 던전 몇 개를 퍼스트 클리어 하면서 들어오는 수입이 꽤나 짭짤했기 때문이다. 게다가 그간 잡은 고블린

부터 시작해 오크, 개미, 늑대 인간은 물론 좀비들의 이빨까지 라니아에 나오는 재료는 전부 창고에 킵해뒀다. 그래서 수량이 꽤나 된다.

"잠시 기다려 주십시오."

"네? 갑자기 왜……."

"몇 분이면 됩니다."

"아, 네."

다행히 여기서 신전은 멀지 않았다. 갔다 오는 데 십 분이면 충분할 것이다.

석영은 바로 일어나 신전으로 가서 로그아웃을 하고 노름에게 가서 부속품을 인벤에 담았다. 어차피 무게 따위는 없었다. 그 일련의 작업 과정 동안 석영은 이런 부분을 편리하게 해놨다는 생각을 했다.

만약 실제 무게가 있고 그걸 들고 다녀야 한다면? 아마 석영은 몬스터 사체를 주워 담지도 않았을 것이다.

다시 접속한 석영은 다시 라블레스가로 향했다. 그사이 차를 다시 세팅하고 기다리는 휘린.

"몬스터 부속품을 가져왔습니다."

"아, 어디예요?"

휘린이 고개를 갸웃거렸다. 그럴 수밖에. 게임 시스템을 휘린은 모를 테니까.

석영은 손짓으로 밖으로 나가자고 했다. 창고 앞으로 이동한 석영은 바로 재료를 꺼내기 시작했다. 꺼내는 법은 당연히 간단했다.

인벤토리를 열고 꺼낸다는 의식의 집중 후 터치, 그러면 싹 꺼내진다. 고블린의 가죽, 뼈를 시작으로 창고 앞에 몬스터 부속품이 쌓이기 시작했다. 흠칫 놀란 휘린과 헨리, 라울은 입을 떡 벌리고 그 모습을 지켜봤다.

물량이 제법 된다고 했다.

이내 창고 앞에 몬스터 부속품 산이 하나씩 만들어지기 시작했다. 꺼내는 것도 일이었다. 개미의 껍질까지 꺼내고 석영은 휘린을 바라봤다.

"이게 제가 가진 전부입니다."

세 사람은 멍하니 부속품을 바라보고 있었다.

"……."

"……."

"……."

물론 침묵을 유지한 채이다.

가장 먼저 정신을 차린 건 휘린이었다. 멍한 기색은 어딘가로 버리고 난처한 미소를 매단 그녀의 입술이 열렸다.

"제게는… 지금 이걸 계산할 여력이 없어요."

아주 지극히 현실적인 말에 석영은 천천히 고개를 저었다. 이럴 거라는 생각은 했다. 이 여자, 자존심이 있는 여자니까. 그래서 방법을 생각해 뒀다.

"투자라고 생각해 주십시오."

"투자… 요?"

"네."

휘린 특유의 힘없고 애잔한 눈빛이 석영의 두 눈으로 쏟아졌다. 석영은 그 눈빛 안에서 탐색의 기운을 읽을 수 있었다. 투자라는 말의 진위를 파악하기 위한 그런 눈빛이다.

"음, 어떤 방식으로 투자하실 생각이에요?"

아차, 그건 생각 못 한 석영이다. 그냥 투자한다는 말로 밀어붙일 생각만 했다. 사회생활 부족이 여기서 이렇게 티가 났다. 그래서 잠시 고민하던 석영이 내놓은 대답은 겨우.

"좋은 방법을 제시해 주십시오."

이 정도였다.

"하아!"

이번엔 휘린의 입에서 한숨이 나왔다. 그러고는 엄지로 관자놀이를 꾹꾹 눌렀다.

"두통이 오네요."

"……."

"일단 석영 님의 아공간에 다시 넣어두시겠어요? 저희 창고는 작아서 보관이 힘들 것 같아요. 아공간 마차에도 여유가 없고."

석영은 말없이 재료들을 다시 창고에 넣었다. 넣는 것도 일이었다. 다 넣고 다시 저택으로 들어가 자리에 앉는 두 사람.

"음……."

턱에 살짝 손을 댄 채 고민에 잠긴 휘린의 눈동자는 애잔함을 버리고 반짝이고 있었다. 아마 두뇌가 풀로 가동되고 있을 것이다. 저 몬스터 사체를 이용해 최적의 투자 방법을 꺼내야 하니까.

한참을 생각하던 휘린이 석영을 보며 입을 열었다.

"일단 죄송하지만 하나만 더 질문하고 싶은 게 있어요. 아니, 지금 생겼어요."

"말하십시오."

"왜 이렇게까지 해주시는 거죠?"

당연히 퀘스트 때문이다. 하지만 그걸 그대로 말할 수는 없었다. 말해도 믿지도 않을 것이고. 석영은 그래서 또 적당한 변명을 찾아야 했다.

'도와주는 것도 참 쉽지 않네, 이거.'

하지만 어쩔 수 없었다.

상인이란 자고로 선택하기 전 의심은 필수니까. 그러지 않고 덜컥 계약했다가는 제대로 호구가 된다. 휘린은 지극히 정상이었다.

그런데 문제가 생겼다. 적당한 변명이 떠오르질 않았다. 휘린은 특유의 눈빛으로 석영을 볼 뿐 대답을 재촉하진 않았다.

"혹시 어떤 의도를 가지고 접근하신 건가요?"

"그건 아닙니다. 저는 말 그대로 모험 중이었습니다."

휘린의 말에 바로 반박하는 석영이다. 그리고 그건 거짓이 아니었다. 리얼 라니아. 세계관만 라니아와 같을 뿐 까보면 꽤 많이 다르니 모험이라고 해도 거짓은 아니었다.

"후, 죄송해요. 도움을 주려고 하는 분을 도리어 의심해서."

"아니요. 그것도 이해합니다."

진짜다.

석영은 아웃사이더.

요즘은 그렇게 말하기도 뭐 하지만 그 이전까진 집에 틀어박혀 게임만 하던 아주 확실한 아싸였다. 그러니 석영은 진짜 이해할 수 있었다.

'나라도 이렇게 나왔다면 의심부터 했을 테니까.'

각박한 현대사회에 누가 갑자기 돈을 준다고 해봐라. 그것도 현금으로 몇 억이나 되는 돈을. 의심을 하게 되나 안 하게 되나 내기해도 좋다.

"목적은 분명히 있습니다."

그래서 석영은 그냥 솔직하게 나가기로 했다. 머리도 제대로 못 굴리는 석영이고, 괜히 변명을 늘어놓다가는 나중에 아예 수습이 안 될 것 같았기 때문이다.

"들을 수 있을까요?"

"개인의 만족."

"개인의… 만족? 그건 석영 님 개인의 만족을 얘기하는 건가요? 제 가문이 성장하면서 그걸 옆에서 보며 얻는 희열, 뭐 이런?"

"네."

이 또한 살짝 돌렸을 뿐 거짓은 아니었다. 이건 퀘스트다. 그러니 보상이 있고, 그 보상은 전 유저 포함, 진척도에 따라 차등 지급. 개인의 만족이라고 해도 분명 거짓은 아니었다.

휘린의 표정이 요상하게 변했다. 이해를 못 할 때 나오는 표정과 비슷했다. 그녀를 만나고 나서 가장 극명한 표정의 변화. 석영은 그녀가 고민하고 또 고민하고 있다는 걸 알았다. 그래서 한마디 덧붙였다.

"물론 공짜는 아닙니다. 저는 투자를 하겠다고 했으니까요."

"음, 좋아요."

휘린은 고개를 끄덕였다.

그리고 바로 이어 나오는 말.

"오 대 오로 해요."

"그것으로는 너무 느립니다. 제게 이곳에서 주어진 시간은 육 개월입니다."

"육 개월요?"

"네. 그러니⋯⋯."

석영은 뒷말을 삼켰다.

이 정도면 이해하리라 생각해서였다.

"그럼 칠 대 삼. 제가 칠을 갖겠어요."

"좋습니다."

이 대화를 누가 들었다면 '좋긴 개뿔, 미친 거 아니냐?' 하고 어이없는 웃음을 터뜨렸을 것이다.

투자자가 더 많이 가지는 건 기본이다. 게다가 자본금의 거의 전부를 댄 투자자라면 더욱 그렇다. 그런데 이윤의 3을 가져가겠다고? 이건 호구도 이런 호구가 없다고 생각할 것이다. 하지만 석영은 이렇게 해야만 했다.

왜?

그냥 줘서는 자존심 때문에 안 받을 것이기 때문이다.

'솔직히 지금 수락한 이유도 모르겠고.'

휘린은 감정을 제법 숨긴다.

확실히 이유를 밝히지 않고 수락해서 좀 의뭉스럽긴 했지만 어쨌든 수락했다는 것 자체가 중요했다.

'퀘스트 보상. 지금은 그것만 생각한다. 그때까지는 그냥 개호구라고 생각하자.'

그래야만 순위가 올라가고 보상의 가치도 올라갈 테니까. 그러다가 불쑥 안 좋은 상상을 했다.

만약 보상이 골드나 뭐 그런 거면?

'그땐… 진짜 그냥 개호구 짓만 한 거지.'

어쨌든 이제는 못 물린다.

마르지 않는 호구 샘에 발을 담갔으니까.

*　　　*　　　*

석영의 목적 있는 호구 짓을 받아들인 휘린의 행동은 빨랐다. 바로 석영에게 견본을 하나씩 받고 개수를 파악했다. 그리고 규모가 큰 2차 유통 상단을 찾아다녔다. 다들 라블레스가가 무너져 간다고 가격을 깎으려 했지만, 휘린은 절대로 조금의 손해도 볼 생각이 없는 듯했다.

　그래서 삼 일 만에 겨우 제대로 된 대화를 시작하게 됐다.

　"고블린 가죽 이백오십 장, 뼈가 삼백 개, 좀비의 이빨 육십 개, 오크 가죽 백오십이 장, 뼈가 팔십 개, 거대 개미의 더듬이 열 개, 껍질이… 오십 장, 늑대 인간의 가죽과 뼈가 삼십 개씩. 허어, 엄청나구만. 이걸 다 어디서 구했나?"

　수염을 멋들어지게 기른 오십 대 중년 사내가 놀랍다는 눈으로 휘린을 바라봤다.

　"사업 비밀이에요."

　"하하, 그런가?"

　중년 사내 막시만이 너털웃음을 터뜨렸다. 기분 좋은 웃음이다.

　석영은 그런 사내의 웃음에 집중했다. 여태껏 휘린과 같이 다니며 가장 많이 본 건 깔보는 시선이었다. 그다음은 탐욕이고 마지막은 휘린을 대상으로 한 색욕이었다. 그때마다 솔직하게 눈깔을 뽑아버리고 싶었다. 동등한 관계지만 어쨌든 서브 퀘스트가 휘린 라블레스의 경호였으니까.

　"음, 소문은 돌았지. 라블레스가의 독녀가 엄청난 물량의 몬스터 부속품을 처리하고 있다는 소문. 근데 계약한 곳이 없다고 해서 언제고 내 차례가 올 것이라 생각했다네. 그리고 하나 다짐했지."

"뭔가요?"

"가격 후려칠 생각 말자."

"좋은 다짐이에요."

사람 좋은 미소를 지은 막시만의 말에 휘린은 가볍게 고개를 끄덕였다. 물론 입가에는 작게 만족스러운 미소가 걸려 있었다. 휘린의 미소를 봤는지 막시만도 다시 너털웃음을 터뜨렸다.

하지만 석영은 봤다.

웃지 않는 막시만의 눈을.

그리고 석영이 보는 그 눈을 휘린도 보고 있었다.

막시만의 상회를 나선 석영과 휘린은 조용히 라블레스가를 향해 걸었다. 마차도 없이 한참을 걸어 라블레스가의 저택에 도착하고 나서야 휘린이 입을 열었다.

"위험해요."

"봤습니다. 눈이 뱀처럼 차갑더군요."

"네, 저런 눈을 가진 사람을 알아요. 그리고 그 사람이 라블레스가를 무너뜨렸지요. 아버지, 어머니, 오라버니까지."

석영은 말없이 고개를 끄덕였다. 이건 휘린의 개인적인 얘기다. 제대로 알지도 못하면서 치는 맞장구는 그 자체로 무례다.

"헨리."

"네, 가주님."

"오늘 밤 조심해야겠어요."

"조치하겠습니다만… 병력이 많이 부족합니다."

"일단 가능한 만큼만 해주세요. 부족한 부분은……."

휘린의 시선이 석영에게 넘어왔다. 석영은 조용히 고개를 끄덕였다. 너무 오버하는 건 아닌가 하는 생각이 불쑥 들었지만, 분쇄기에 들어간 것처럼 아주 빠르게 흩어졌다. 상당한 가치를 지닌 보물이 등장했다. 그런데 그 주인이 힘도 별로 없는 연약한 사람이라면?

'약육강식의 세계이다. 조용히 넘어가진 않을 거야. 시간을 끌지도 않을 거고. 휘린의 말처럼 오늘 온다.'

대비를 하고 있지 않으면 남는 건 자다 눈 떴을 때의 풍경, 장소가 변하는 거다. 잿빛 천장이 아니라 요단강 위로 말이다.

"걱정 마십시오."

"믿을게요."

휘린의 말에 석영은 고개를 끄덕이곤 먼저 자리에서 일어났다. 준비가 필요했다. 전투 준비 말고 마음의 준비 말이다. 이건 몬스터와의 싸움이 아니었다. 인간, 같은 '종'과의 전투가 될 것이다.

즉, 사람이랑 싸운다는 소리다.

석영은 아직 사람과 싸워본 적이 없었다. 사람을 상하게 하는 일, 솔직히 경험이 없는 이가 할 일은 아니지만 석영은 지금 웃기게도 마음의 안정을 느끼고 있었다.

'이것 또한 멘탈 보정의 효과겠지.'

하여간 정말 말도 안 되고 골 때리는 시스템이다.

자리에서 일어난 석영은 창가에 가서 섰다. 저 멀리 서산마루에 해가 턱 하니 걸려 있다.

일몰.

밤은 오늘도 어김없이 찾아왔다.

*   *   *

정오가 있다면 자정도 있다.

하루가 지나 내일이 오늘이 되고 오늘이 어제가 되는 시간이다. 석영은 지금 저택의 옥상이라 부를 수 있는 곳에 있었다. 첨탑이라 불러도 될 구조였고, 이곳에서는 저택의 사방이 보였다.

저격수 석영에겐 최고의 장소였다.

일부러 새까만 위장복을 입고 타천 활을 꺼냈다. 안 오면 고맙겠지만, 만약 이 시간 이후로 담을 넘는 놈이 있다면 결코 좋은 의도로 온 놈은 아닐 것이다.

'자비?'

베풀긴 해야 할 것이다.

석영은 아직 살인을 해본 적이 없으니까.

'다만 다신 정상인으로 살진 못할 거다.'

대신 확실하게, 아주 확실하게 무력화시킬 작정이다. 언젠가 한지원이 그랬다. 어설프게 처리하면 분명 다음 순간에 자신의 목숨을, 동료의 목숨을 노릴 거라고. 그러니 가장 중요한 건 아무것도 못 하게 하는 일이다.

한 시간쯤 더 지났을 때다.

불쑥 정문 좌측의 담벼락에서 시꺼먼 인형들이 튀어 오르기 시작했다.

'하나, 둘, 셋… 삼십.'

웃기게도 처음 놈을 시작으로 차례대로 주르륵 올라와 줘서 인원 파악이 너무 쉬웠다. 빠르게 한 바퀴 돌아 저택을 다 확인했지만 침입자는 저놈들이 전부였다. 아주 대담하게 정문을 통해 침입했다.

'자신 있다는 거지?'

그럴 만하다.

라블레스가는 다 망해가는 가문이니까. 아마 대놓고 침입해도 막지 못할 거라 생각했을 것이다.

하지만 몰랐을 거다.

두드득!

투웅!

슈아아악!

세 가지의 소리가 연달아 들리기 무섭게, 정적을 깨는 파열음이 들렸다.

퍼격!

"크아악!"

가장 먼저 올라온 놈이 허벅지를 부여잡고 고꾸라졌다. 살인, 아직은 무리다. 다만 애초에 다짐한 것처럼 확실하게 조져놓을 마음은 단단했다.

퉁! 투둥! 투웅!

퍽! 퍼격! 퍼버벅!

"피해!"

"어디야? 어디냐고? 씨발!"

갑작스러운 기습에 놀라 사방으로 흩어지지만 석영에게는 다 보였다. 더블 샷에 유도 샷. 머리가 지끈거릴 정도로 정신력을 소모시키며 빠르게 정리했다.

석상 같은 구조물에 숨어도 피할 수 없었다. 유려한 곡선을 그리며 그대로 어깨를 뚫어버렸으니까.

그러니 어디서 화살이 날아오는지 알 길이 없었다. 전후좌우까지 모든 방향에서 화살이 날아들어 뚫어대고 있으니까. 반 정도 쓰러졌을 때쯤 분수 뒤편에서 고함이 들렸다.

"나와! 비겁하게 숨어 있지 말고!"

피식.

상대의 고함에 석영은 웃었다. 미친놈이 야밤에 남의 집 담장을 타넘어놓고 비겁하게 숨지 말라고 한다. 하도 웃겨서 대꾸를 해줄까 했지만 지금 석영은 저격수의 신분이다. 위치 노출은 확실하게 피하라고 한지원이 단단히 알려줬다.

투웅!

퍽!

"크악!"

소리친 놈이 어깨를 부여잡고 쓰러졌다. 그런데 문득 석영은 의아함을 느꼈다.

'몬스터가 아니라 그런가? 도망을 안 가네.'

만물의 영장이라더니 설마 타락 천사와 같은 레벨인가? 이런 의문이 뒤따랐고, 그 순간에도 석영은 쉬지 않았다. 머리 위에서 노려보니 어떻게든 석영의 저격을 피하려고 발버둥 치는 게 잘 보였다.

"으, 으아아! 갈 거야!"

한 놈이 공포를 이기지 못하고 등을 돌려 다시 담장 쪽으로 내달리기 시작했다. 순간 석영은 고민했다.

'쏴? 말아?'

퉁!

퍽!

"아악! 내 다리! 아아악!"

내 다리 내놔도 아니고 허벅지를 부여잡고 바닥을 구르는 놈을 보면서 석영은 입술을 말았다.

"적이 도망가면 증원을 불러올지 모르니 확실히 처리해요."

한지원이 해줬던 말이 귓가에 맴돌았다.

그러다 놈은 입을 틀어막고 끅끅거렸다. 괜히 비명을 지르다가 등짝에 한 발 맞을지도 모른다는 불안감이 들었나 보다. 하지만 그럴 일은 없었다. 석영은 아직 목숨까지 뺏을 생각이 없으니까.

고요한 정적이 흘렀다.

기세 좋게 대놓고 담을 넘은 놈들이 모두 몸을 웅크리고 덜덜 떨고 있었다.

'담도 없는 새끼들.'

수준이고 뭐고 그런 걸 매길 능력 자체가 없었다. 라니아로 치면 일반 유저, 아니, 아직도 조잘 섬에 있는 유저, 딱 그 수준이었다.

한 놈이 다시 담으로 튀었다.

투웅!

픽!

"크흑!"

"시발! 어디야?! 어디냐고?! 나와! 이 개 쌍놈! 컥!"

욕설을 내뱉던 놈의 어깨에 수직으로 화살 한 발이 박혔다. 뼈째 후벼 파고는 그대로 안에서 직각으로 틀어 밖으로 빠져

나갔다. 만약 궤도 수정을 하지 않았으면 이놈은 분명 죽었다. 석영이 살인까지는 생각지 않았다고 해도 저런 욕을 얻어먹고 참을 위인은 아니었다. 물론 놈은 어깨를 평생 못 쓸 것이다.

'끝내자.'

생각과 함께 더블 샷과 유도 샷을 섞은 화살이 마구 솟구쳤다. 이른바 석영 표 난사가 시작됐다.

* * *

휘린은 석영이 침입자를 쓸어버리는 그 장면을 이 층 자신의 방에서 전부 보고 있었다.

그녀의 눈에는 픽픽 쓰러져 소리를 지르는 정도로밖에 안 보였지만, 그래도 머리가 있어 다른 파악은 가능했다.

"대체… 얼마나 강한 걸까요?"

"가늠할 수 없습니다."

뒤에 있는 두 사람 중 헨리가 대답했다. 노기사 헨리의 눈에도 잘 보였다. 침입자가 픽픽 쓰러지는 모습이. 그렇게 쓰러져선 악을 쓰듯 고통을 흘려냈다. 그 외 정원 곳곳에 몸을 숨긴 적들도 고함을 치고 있었다.

헨리는 자신의 무력 자체가 그리 높은 수준이 아님을 알고 있다. 하지만 세상에 나와서 걷기 시작할 때부터 검을 들었고, 지금까지도 휘두르고 있다. 실전 경험? 무수히 많다.

그래서 저렇게 악을 쓰는 게 얼마나 미친 짓인지 알고 있다.

'사각 자체가 없는 저격……'

그런 저격에 저런 발악은 위치만 노출시키는 끔찍한 결과를 불러온다. 그만큼 적의 수준 자체는 그리 뛰어나지 않다는 뜻.

'하지만 들어선 지 오 분도 안 됐어. 저 사내가 마음만 독하게 먹었다면… 다 죽었다.'

안 그래도 정원은 피로 물들었지만, 석영이 작정했다면 라블레스가의 정원에 살아 숨 쉬는 생명은 하나도 없을 것이다.

"악!"

또 하나가 비명을 지르며 나자빠졌다.

어떻게 당한 건지 당연히 헨리의 눈으로는 좇을 수 없었다.

"엄청나네요."

"……"

"초인이란 게 이 정도인가요? 몇십의 적을 몇 분 만에 무력화시키는?"

"……"

"그런 사람이… 저를… 라블레스가를 도와준다는 거지요?"

"……"

헨리는 대답할 수 없었다.

솔직히 의문이 든다.

그가 보기에 석영은 위험한 사람은 아니었다. 하지만 의중은 분명 감춰져 있었다. 왜 도와주느냐는 말에 나온 대답은 어이가 없을 정도였다.

하지만 그럼에도 휘린은 그 제안을 받아들였다. 왜? 그만큼
라블레스가를 되살리고 싶었기 때문이다. 그걸 겉으로 표현
은 안 했지만 헨리가 보는 휘린은 절박했다. 그것도 엄청. 지
켜주고 싶을 정도의 분위기야 외모나 체형 때문에 그런 것이
고 실제 정신력으로 따진다면 휘린은 강했다.

"악!"

"끄악!"

잠깐 동안 두 번의 비명이 더 들렸다.

솔직히 이 정도면 바로 다 잡을 수도 있겠지만, 석영은 그러
질 않고 있었다. 헨리는 알 수 있었다.

의도적인 공포 조성.

다신 라블레스가를 넘볼 수 없게 하려는 것이다.

"오늘 일이 소문나면… 달라지겠어요."

"그렇습니다. 이제 웬만한 적은 저 담을 넘을 수 없겠지요.
그들을 제외하면 말입니다."

"그들……."

휘린의 목소리가 축 가라앉았다.

명백한 적의.

석영이 봤다면 '음?' 했을 정도의 변화였다.

"오 대 상가……."

"언제고 넘어야 할 산입니다."

"육 개월, 저 사람이 말한 시간 안에 넘어야 해요. 조금 손해를 보면서라도 팔아야겠어요."

"음… 저는 가주님의 결정을 따를 뿐입니다."

"그래요. 하지만 제가 정말 잘못된 길로 들어설 때는 좀 말려주세요."

"그건 걱정하지 마십시오."

"안심이에요."

"항복!"

"항복! 살려줘!"

결국 정원에 있던 적들이 무기를 버리고 악을 바락바락 쓰기 시작했다. 어깨가 날아가거나 허벅지가 뚫리는 참극의 조연이 되기는 싫었던 것이다. 벌써 끝났다.

"십 분은 넘었나요?"

"아직… 입니다."

삼십이 담을 넘었는데, 십 분도 안 되어 항복했다. 휘린이 내려다보는 라블레스가의 정원은 비명과 고통에 찬 신음, 살려달라는 애원으로 가득했다. 무시무시했다.

초인(超人).

대폭발, 혹은 대재앙으로 부르는 일이 벌어지기 전부터 이어져 온 단어. 이 단어는 한계를 넘은 사람들에게 붙여졌다. 나라 간의 정치, 외교, 무력, 용병술, 지략에 심지어 회계까지 한 분야에서 가히 정점에 선 사람들에게만 붙여지는 호칭.

그렇기 때문에 매우 영광스러운 호칭이고, 가히 일국의 왕에 버금가는 영향력을 발휘한다. 또한 그렇기 때문에 초인의 호칭을 받은 이는 현 휘드리아젤 대륙 전체를 따져도 채 오십이 안 되었다.

수만 개의 섬으로 제국을 이루고 있는 악시온 제국을 포함해도 말이다.

"어디서 왔을까요? 오십의 초인 권좌에는 없는 분이에요."

"그야… 재야에 묻혀 살던 궁사가 아닐까 합니다."

"저런 분이 도와준다면 오 대 상가도 무섭지 않겠어요."

"으아아아!"

퍽!

휘린의 말이 끝나자마자 비명을 지르며 도망치던 침입자의 허벅지가 터져 나갔다. 횃불을 여러 곳에 피워놓아 비산하는 피와 증발하는 검은 기운까지 보였다. 항복은 받아들여지지 않았다. 다시 오 분 정도 기다렸을 때, 더 이상의 저격은 없었다.

"가요. 이제부터는 제 일이에요."

"네."

휘린은 천천히 걸어 저택을 나섰다.

이미 생각해 놓은 게 있었다.

오늘 참극의 주인공은 둘이다.

첫 번째 주인공이 적의 기습을 막는 석영이라면 두 번째 주인공은 라블레스가의 주인 휘린 라블레스였다.

아침부터 상업 도시 리안은 뜨거웠다. 당연히 간밤에 그 옛날 리안을 주름잡던 라블레스가에서 일어난 전투 때문이었다.

리안에 사는 사람들에게 라블레스가는 몰락한 상가이다. 그것도 아주 폭삭 주저앉은. 그런 라블레스가를 리안을 중심으로 활동하는 수많은 용병단 중 중급의 용병단 '붉은 늑대'가 침입했다. 그것도 정예 서른이 담을 넘었다.

여기까지 얘기를 들은 사람들은 혀를 찼다. 겨우 맥만 이어오던 라블레스가의 멸문을 예상했기 때문이다. 흔적도 없이 지워졌을 것이라 생각했다.

아주 당연한 반응이었다. 현재 라블레스가는 노기사 헨리와 수습 기사 라울밖에 없는 걸 알기 때문이다. 그 외에 일꾼들은 전부 고용한 이들.

사병? 솔직히 당시 라블레스가를 지키러 온 사병은 채 다섯이 넘질 않았다. 목숨을 걸기 싫었기 때문이다.

그렇기 때문에 라블레스가는 주춧돌 하나 남기지 않고 불 탔을 것이라 생각했다. 뒷얘기가 나오기 전까진 말이다.

라블레스가는 살아남았다.

담을 넘어 들어가는 순간부터 이루어진 저격. 그 저격에 십분도 채 되지 않아 서른의 붉은 늑대 용병은 모조리 전투력을 잃고 바닥을 나뒹굴었다는 게 결과였고, 처음에는 믿지 못했지만 실제로 병신이 되어 치료를 받고 있는 붉은 늑대를 본 사람들이 나타나며 그 결과는 진짜가 되어 도시를 휩쓸었다.

도대체 어떻게?

모든 이가 가진 의문이다.

망해가던, 아니, 망했다고 해도 좋을 라블레스가가 어떻게 붉은 늑대의 공격을 막을 수 있던 걸까 하는 의문을 매개로 리안이 화르르 달궈졌다. 또한 침입자인 붉은 늑대를 치료하여 돌려보냈다는 휘린 라블레스의 얘기가 다시 퍼지며 '오오, 역시 라블레스!' 하는 사람들이 생겨났다.

자신의 목을 노린 이를 치료하고 보내준다? 있을 수는 있는 일이다. 그러나 쉽게 일어날 수는 없는 일이다.

그래서 추앙까진 아니지만 그래도 휘린이 대인배란 여론이 형성됐다. 상업 도시 리안은 늘 바빴다. 성 자체가 굉장히 빡빡하게 돌아갔다. 하역, 적재만 해도 정신이 없을 정도였다. 그런 도시에 이런 일은 입방아에 오르기 아주 좋았다.

딱 하루.

하루 만에 망해가던 라블레스가의 위상이 순식간에 변했다.

대인배 휘린이 있고, 붉은 늑대를 십 분 만에 물리친 정체불명의 고수가 있고, 또한 상당한 양의 몬스터 부속품까지.

휘린, 그리고 라블레스가는 순식간에 리안의 뜨거운 감자가 됐다. 그리고 이번 일의 일등공신인 누군가는 분노하고 있었다.

＊　　　＊　　　＊

쾅!

"십 분 만에 전멸이라고?"

"네."

"죽인 것도 아니고 어깨랑 허벅지만 노려서 전투력만 날려 버렸고?"

"네."

"말이 되나?"

보고를 하는 비서에게 이죽거리는 막시만의 얼굴은 휘린과 석영을 상대할 때 보인 얼굴과 완전히 달랐다. 그때는 사람 좋은 얼굴을 하고 있었는데, 지금은 탐욕과 분노에 눈먼 전형적인 쓰레기에 지나지 않았다. 이중성. 상인에게는 딱히 이상한 일도 아니다.

"누가 그랬는지는 파악했고?"

"아직 못 했습니다. 하지만 노기사 헨리나 그의 제자 라울은 절대 아닙니다."

"그렇겠지. 그럼 그때 그년이랑 같이 왔던 놈인가?"

"확인을 못 했습니다."

"큭!"

막시만의 입에서 억눌려 나온 비릿한 조소. 이어서 그는 자리에서 일어나 손바닥으로 비서의 뺨을 툭툭 쳤다.

"그럼 확인된 건 뭔데? 어? 실패했다는 거? 겨우 그딴 것만 확인했냐?"

"……."

쫙!

비서가 입을 다물자 막시만이 크게 손을 휘둘러 그의 뺨을 후려쳤다. 쓰고 있던 안경이 튕겨 날아갔다.

"내가 똑바로 처리하라 그랬지? 이번 일로 라블레스가의 위상이 올라갔어. 뜨거운 감자가 돼서 리안을 달구고 있다고. 그래서 이젠 다시 작업하기도 힘들어. 그년이 가지고 있다는 몬스터 부속품의 가치를 네가 아냐?"

"……."

쫙!

"아냐고!"

"……."

쫘악!

"자그마치 오십만은 될 거야!"

"……."

쫙! 쫘악!

"제대로 팔면 육십만은 받을 수 있고! 아예 가공해서 장비로 만들어 팔면 그 몇 배나 벌 수 있어!"

"……."

쫙! 쫙! 쫙!

"그걸… 니가 일을 등신같이 처리해서 날려먹은 거야!"

"……."

쫘아악!

마지막까지 거하게 후려친 막시만의 눈은 벌써 탐욕에 짙게 물들어 있었다. 이성은 날아가고 탐욕이란 본능에 진 짐승만 있었다. 대단한 놈이다. 이렇게 미치기도 쉽지 않은데.

그러나 더 대단한 건 비서였다. 삼십 대 중반으로 추정되는 비서는 눈 하나 깜빡하지 않고 모든 매질을 견뎠다.

뺨이 퉁퉁 부어올랐는데도 신음 한 번 흘리지 않았다. 게다가 휘린과 비슷하나 이지적인 눈빛도 흔들리지 않고 있었다.

왜 이런 쓰레기 밑에서 일하는지 궁금할 정도의 사내였다.

"후우……."

숨을 고르며 다시 제자리에 앉은 막시만.

이어 그는 옆에 놓여 있던 차를 단숨에 들이켜고는 테이블을 톡톡 쳤다.

"방법을 찾아. 그년이 가진 보물을 몽땅 가로챌 방법을."

"……."

"돈이 필요하면 십만까지 허용한다."

"네."

"나가."

비서 '레온'은 말없이 등을 돌렸다. 안경을 주워 문을 닫는데 '등신 새끼' 하고 짧게 나온 욕설이 들렸다.

문을 닫은 레온은 눈을 감고 입술을 깨물었다.

"후우, 후우, 후우."

세 번의 심호흡 뒤 다시 눈을 뜬 레온의 눈은 다시금 지혜를 담아 빛나고 있었다.

*　　　*　　　*

휘린은 하루가 지나고 아침나절부터 몰려오는 손님들을 상대하느라 정신이 없었다. 게다가 면면도 화려했다. 오 대 상가는 아니지만 나름 탄탄하다는 상단의 대리인들이 라블레스가를 찾았다. 그래서 아침을 먹은 게 끝이었다. 점심은 걸렀고, 저녁도 겨우 빵으로 때웠다. 하지만 하루 간 그렇게 상단의 대리인들을 만났는데도 휘린은 거래를 트지 않았다.

"음, 만족스러운 가격이 나오질 않네요."

저녁을 훌쩍 넘어 겨우 식사를 시작하며 나온 휘린의 말이다.

"얼마를 보십니까?"

"최소 오십만은 받아야 해요."

"오십만이라……"

석영은 자신의 인벤토리에 있는 골드를 생각해 봤다. 오십만? 푼돈이라 생각할 거다. 강화 주문서 한 장이 십만이고, 그걸 몇백 장은 살 수 있는 골드가 인벤에 있다. 하지만 이건 쓸

수 없었다. 나중을 위해서 주문서와 골드는 필수이기 때문이다. 그런 석영의 생각을 모르는 휘린이 재차 입을 열었다.

"네, 보니까 손질 상태가 매우 좋아요. 이차가공을 거쳐 장비를 만들어내면 분명 상등품이 나올 거예요. 그럼 그때의 가치는 오십만의 몇 배나 뛰겠지요. 몬스터 부속품으로 만든 장비는 방어력과 강도가 우수해서 용병이나 기사단에서도 매우 많이 쓰이니까요."

"흠……."

석영은 솔직히 이런 건 잘 모른다. 그러니 들어도 그냥 그런가 보다 했다.

"후우, 아쉬워요. 이럴 때 공방만 하나 있어도……."

"흠흠."

휘린의 말에 헨리가 헛기침을 작게 했고, 휘린은 잠깐 멈칫했다.

"미안해요."

"아닙니다."

과거에 무슨 일이 있던 모양이다.

하지만 그건 별로 궁금하지 않은 석영이다.

"공방을 차리면?"

"그게 그렇게 쉬운 게 아니에요. 장소만 해도 몇만은 가볍게 날아가고요. 가공 장비를 들여놓으려면 그 몇 배는 들어가요."

"흠……."

"하지만 가장 중요한 장인들이 문제예요."

"장인?"

"네, 고용하기가 하늘의 별 따기거든요."

"왜입니까?"

"리안의 모든 장인은 이미 모두 상위 상가들이 계약으로 묶어놓고 있거든요."

하긴, 그럴 만도 하겠다.

가공해 장비로 만들면 몇 배나 이득이 남고, 그걸 가능하게 하는 게 장인의 존재이다. 게임처럼 뚝딱 만들어내는 게 아니니 장인의 존재는 귀중할 수밖에 없는 것이다. 특히 솜씨 좋은 장인이라면 더더욱.

"만족할 만한 가격을 제시한 곳은 없습니까? 아니면 근사치라도."

"후, 사십만까지 제시한 곳은 있어요. 하지만 십만은 엄청 중요해요. 그 십만이면… 그다음 규모가 달라져요. 그러니 포기할 수 없어요."

휘린의 눈빛에는 그동안 볼 수 없던 자신감이 있었고, 석영은 고개를 끄덕였다. 그녀가 그렇다면 그런가 보다 해야 하는 석영이다. 그렇다고 지금부터 공부를 한다? 아서라. 절대로 못 따라간다.

그리고 괜히 어쭙잖게 조언을 해서 틀어지기라도 하면? 그건 휘린에게도 최악이겠지만 석영에게도 최악이다. 퀘스트 진척도가 대폭 하락할 테니 말이다.

"또한 제가 최대한 이득을 내야 석영 님이 만족할 수 있으니까요."

불쑥 날아온 말에 석영은 잠시간 말을 잇지 못했다. 그러다 그냥 작게 웃었다. 안심이 됐다. 그녀의 눈빛에 담긴 자그마한 장난기를 보니 휘린은 아직 여유가 있어 보였다.

'그래, 이 정도는 해줘야지.'

급할수록 돌아가라는 말.

괜히 직진으로 가다 사고가 난다는 소리이기도 했다.

"일단 더 기다볼 생각이에요."

"네, 그건 휘린에게 맡기겠습니다."

"네, 네. 식사할까요? 다 식었네요."

대화를 하다 보니 어느새 요리는 다 식어 있었다. 하지만 맛은 있었다. 수프, 빵, 샐러드, 그리고 잘 구운 고기. 나쁘지 않았다. 휘린이 직접 한 요리이고, 그녀의 요리 실력은 상당히 수준급이었다.

사가각, 그그극.

한동안 나이프와 포크가 접시를 살살 긁는 소리만 들렸다. 이곳의 식사 예절은 사실 석영이 따라가기 좀 버거웠다. 느긋한, 딱 유럽식이었다. 차로 입을 가볍게 헹구고 잠시 기다리자 라울, 헨리, 휘린 순으로 식사가 끝났다. 헨리가 일어나 차를 다시 내왔다. 다시금 이어지는 티타임.

"참, 막시만은… 어떻게 할 생각입니까?"

석영의 질문에 휘린의 눈매가 살짝 가늘어졌다.

"증거가 없어요."

"증거라……. 여기도 증거를 많이 따지는가 보군요."

"네, 아무래도 수많은 상가가 몰려 있는 도시이다 보니 자연스레 법률도 강화됐어요. 안 그러면 서로 재물을 차지하려고 창칼이 마구 날아다닐 테니까요."

"음……"

그건 또 그렇다.

붉은 늑대.

용병들이 보통 그렇듯 이놈들도 이를 악물고 고통을 참았다. 휘린이 당연히 누구의 사주냐고 물었지만 대답하지 않았다. 고용자의 정보를 대는 건 용병 인생 자체가 아작 나는 것과 같았다. 말 그대로 그 업계에서 완전히 묻힌다는 소리다. 그러니 입을 연 놈이 없었다. 고문을 할 수도 있었다. 패자니까. 침입도 했고. 그럴 명분은 충분했지만 휘린은 그러지 않았다. 치료를 해주어 내보냈고, 도시의 치안청에서 죄다 잡아갔다.

그래서 심증은 있는데 물증이 없는 상태였다.

"이걸로 끝나진 않을 겁니다."

"네, 그래서 미안해요. 밤에 잠도 못 주무시고."

"그 정도는 괜찮습니다."

밤에 경계조를 돌리고는 있었다. 하지만 인원이 없다 보니 헨리와 라울, 석영이 도맡아야 했다. 군대 이후 처음 서는 경계 근무라 그런지 몸에 피로가 조금씩 쌓이고 있긴 했지만 힘들 정도는 아니었다.

"당분간은……."

쨍그랑!

석영은 말을 하다 말고 흠칫 멈췄다. 그리고 즉각 무기를 빼 들었다. 거무튀튀한 타천 활이 순식간에 석영의 손에 착 감겨들었다.

조심스럽게 거실로 나가자 화살 한 발이 유리창을 뚫고 들어와 바닥에 꽂혔다.

창가로 다가가 커튼을 쭉 밀고 화살을 수거하는 석영. 화살대에 하얀 종이가 묶여 있고, 그걸 펼쳐 확인하는 석영의 입가가 대번에 씰룩였다.

"뭐라고 적혀 있나요?"

석영은 말없이 종이를 휘린에게 건넸다. 휘린의 표정도 딱 석영처럼 변했다. 조금 다른 게 있다면 묘하다는 감정이 살짝 들어가 있다는 점이다. 다시 종이가 헨리, 라울 순으로 돌았다.

"헨리, 이게 사실일까요?"

"저는 잘 모르겠습니다."

"석영 님 생각은요?"

"음……."

석영은 즉답을 피했다.

그러곤 다시 종이에 쓰인 것들을 떠올렸다.

붉은 늑대, 막시만 상회 고용.

치안대 대동, 방문.

내부 고발자 준비.

기사 대결 제안.

요구 조건, 막시만 공방.

기사, 저격수 필(必).

요약하자면 이 정도이다.

이걸 믿을 수 있을까?

'믿긴 개뿔……'

당연히 석영은 믿을 수 없었다. 하지만 궁금한 게 생겼다.

"그전에 기사 대결이 뭡니까?"

"대리 결투 비슷한 거예요. 서로가 받아들일 시 조건을 걸고 싸우는."

"음……"

상업 도시 리안은 프란 왕국 물류의 중심지이다. 그러다 보니 수많은 이권이 거미줄처럼 얽혀 있었고, 이걸 차지하기 위해 무력과 계략이 난무했다. 당연히 그 결과 피가 강이 되어 흘렀고, 이걸 막기 위해 내려진 게 바로 기사 대결이다. 처음엔 활발하게 이루어졌지만 지금은 거의 일어나지 않는다.

"만약 막시만이 받아들이고 제가 이기면 그의 공방을 뺏을 수 있다는 겁니까?"

"그가 받아들인다면요. 하지만 그러지 않을 가능성이 높아요. 이 몬스터 부속물과 공방 중 솔직히 공방의 가치가 더 높거든요."

"치안청 대동은?"

"아마… 내부 고발자가 자신의 불법적인 일을 치안대 앞에서 고발함으로써 기사 대결을 회피 못 하게 할 요량인 것 같아요. 어제의 일, 사실 중죄예요. 붉은 늑대는 앞으로 간판을 떼야 할 거고, 막시만 상회도 조사에 들어갈 거예요. 물론 꼬리 자르기를 할 테지만요. 하지만 그걸 내부 고발자가 터뜨리면 막시만도 피해가긴 힘들어요."

휘린은 빠르게 내용을 파악했다.

석영이 다시 생각에 잠기려는 찰나.

"하지만 중요한 건 진위 여부 그 자체예요. 막상 치안대를 대동하고 갔는데 내부 고발자가 안 나오면 그건 그것대로 골치 아프죠."

"하긴……."

저 종이를 덜컥 믿고 그대로 했는데 고발자가 안 나오면 웃음거리 정도로는 안 끝난다. 아마 갖은 이유를 다 대면서 휘린을 압박할 것이고, 그 자체로 현재 뜨거운 감자인 라블레스 가에 타격을 줄 것이다.

"방법이 없는 건 아니에요."

뜬금없이 나온 휘린의 말.

세 사람의 시선이 달려와 붙었다.

그게 뭐냐는 감정이 담긴 시선들이지만, 그녀는 그저 조용
히 웃기만 했다.

이틀 뒤, 막시만 상회 정문에 일단의 무리가 우뚝 섰다. 열
명의 치안대 대원과 라블레스가의 네 명으로 이루어진 무리
였다.

"그럼 시작하겠습니다."

치안대의 우두머리가 재차 물어온 말에 휘린은 말없이 고
개만 끄덕였다. 휘린은 어제 치안대를 찾아가 막시만 상회를
정식으로 고소했다. 붉은 늑대의 야간 기습의 배후에 막시만
상회가 있는 것 같으니 조사를 해달라고 말이다. 치안대에서
는 증거가 있느냐고 물었지만 휘린은 가볍게 대답했다.

없다고.

이럴 경우 보통 형식적인 조사는 이루어진다. 왜냐하면 정
식으로 고소를 했기 때문이다. 거의 몰락했긴 했으나 요즘 핫
한 라블레스가다. 귀족은 아니지만 옛날에는 무시 못 할 영향
력을 행사하던 곳이다.

그래서 고소장은 정식으로 접수됐다. 그리고 오늘 이렇게
조사를 위해 막시만 상회를 찾은 것이다.

치안대는 총 다섯 계급으로 이루어졌고, 조사대의 우두머리는 세 번째 계급이다. 문을 두드리고 안으로 기별을 넣기 무섭게 막시만이 뛰쳐나왔다.

"어이쿠! 어쩐 일이십니까? 하하!"

막시만은 급히 나온 기색이 역력하지만 역시 특유의 사람 좋은 가면을 뒤집어쓰는 건 잊지 않았다.

"라블레스가의 정식 고소로 인해 조사를 나왔소."

"네? 고소 말입니까?"

스윽.

막시만의 시선이 휘린에게 넘어왔다. 이어서 난감하다는 듯이 웃고는 천천히 다가왔다. 그러나 그 앞을 헨리와 라울이 조용히 막아섰다.

"휘린 양, 이거 오해가 있나 봅니다. 저 막시만입니다. 하늘에 대고 한 점 부끄럽게 살아온 적 없는."

"조사해 보면 알겠죠."

"허허, 이것 참."

사실 도시 리안에서 정보의 정점에 선 이들은 막시만의 실체를 안다. 겉으로는 사람 좋은 척하고 다니지만, 실제는 전혀 다르다는 걸. 만약 휘린이 돈으로 정보를 팔았다면, 어쩌면 고민 자체를 안 했을 것이다.

"일단 들어갑시다. 이쪽으로 오시죠."

막시만이 직접 치안대의 조사원을 안내했다. 두 번째 와보는 막시만 상회의 건물. 라블레스가의 저택보다 몇 배는 컸다.

1층의 접견실에 조사원과 막시만, 휘린이 앉고, 나머지는 뒤에 선 채 대화가 시작됐다.

"어제 오전 10시경 라블레스가의 고소가 본 치안대에 정식으로 접수됐습니다."

"허어, 고소 내용은 어떻게 됩니까?"

억울하다는 듯이 한숨을 내쉬고 휘린을 힐끔 보며 조사원의 말을 받는 막시만. 뒤에 서 있던 석영은 그냥 웃고 말았다. 솔직히 그때 눈빛을 못 봤다면 석영도 지금까지 이놈이 진짜 착한 놈인 줄 알았을 것이다.

뱀처럼 차가운 눈.

그건 아주 전형적인 타락한 자의 눈빛이었다.

"붉은 늑대를 고용해 라블레스가를 습격했다는 내용입니다."

"허허."

"붉은 늑대 용병단이 자주 막시만 상회의 일을 받았다는 것 정도는 이미 확인했습니다."

"물론 쓰긴 했습니다. 하지만 제가 어디 그들만 씁니까? 중급 용병단은 두루두루 돌아가며 고용했다는 것도 아시지 않습니까?"

"물론입니다. 하지만 붉은 늑대는 횟수가 훨씬 더 많더군요. 더 성실하고 가격 대비 효율이 좋은 용병단도 있는데 말입니다."

"허어, 이거 참. 하하하!"

조사원의 날카로운 말에 막시만은 기가 막힌다는 듯이 웃었다. 석영은 스윽 주변을 한번 둘러봤다.

'고발자, 그가 안 나오면 어차피 여기서 끝이야.'

증거가 없다.

막시만 상회가 붉은 늑대를 고용했다는 증거가 없다. 그러니 고발자가 안 나서면 석영이 보기에 여기서 끝날 가능성이 매우 높았다.

"휘린 양, 제가 가격을 후려쳤습니까? 남들보다 훨씬 좋은 가격을 제시하지 않았습니까?"

"호칭은 제대로 붙여주세요."

"허⋯⋯."

막시만은 또 한숨을 흘렸다.

대화하는 동안에도 석영은 주변을 살피고 있었다.

'누구냐? 이제 그만 나와라.'

더 늘어지면 판이 없어지고 말 것이다.

속이 타들어가기 시작했다. 아직까지 바싹 타진 않았지만 조금만 더 지나면 그 정도까지 갈 것 같았다. 이 심정은 아마 휘린도 마찬가지일 것이다.

"치안대가 이래도 됩니까? 증거는 있습니까? 증거도 없이 이러시는 거면 정식으로 치안대에 항의하겠⋯⋯."

"증언합니다."

그때 불쑥 치고 들어온 목소리.

그 목소리는 굉장히 의외의 곳에서 들려왔다. 바로 막시만의 뒤쪽에 꼿꼿한 조각상처럼 미동도 없이 서 있던 그의 비서에게서 흘러나왔다. 귀까지 윤기 있게 흐르는 단발, 여성인지 남성인지 헷갈릴 정도의 외모. 얼굴이 부어 있지만 그 차가운 미모는 가리지 못했다.

"레온?"

스윽.

막시만의 뒤에서 조사원 쪽으로 이동하며 레온이라 불린 사내가 말을 이었다.

"붉은 늑대 고용은 제가 했습니다. 삼십 명, 인당 천 골드. 총 삼만 골드 소요됐습니다. 고용 내용은 야간 기습. 기습 대상은 라블레스가. 이유는 라블레스가가 가진 몬스터 부속품입니다."

"……"

"……"

"……"

후다닥 시선이 죄다 달려들어 레온에게 박혀 떨어지질 않았다.

"이자의 비서 일을 오 년간 하며 꽤나 많은 악행을 저지른 걸 알고 있지만, 일단 라블레스가와 연관된 것만 읊었습니다. 여기 그 증거입니다."

레온이 품에서 서류 한 뭉치를 꺼내 치안대 조사원에게 건 넸다.

"레온······."

우드득!

막시만의 얼굴이 완전히 일그러졌고, 그 상태로 레온을 노려봤지만 레온은 눈 한 번 깜빡하지 않았다.

"여기에 적힌 입금 기록, 사실입니까?"

증거를 본 조사원의 말에 막시만은 피식 웃었다. 그러고는 소파에 등을 깊이 묻었다. 그 행동에 고스란히 대답이 들어 있었다.

피식.

그래서 석영도 웃었다.

"이런 걸 빼박이라 하는 건가?"

"자넨가, 늑대 새끼들을 박살 낸 게?"

"그렇다면?"

"조심하게."

피식.

이 새끼가······.

석영의 눈빛이 착 가라앉았다.

석영이 아웃사이더로 살았다고 해서 자존심까지 내버리고 산 건 아니었다. 오히려 아웃사이더였기 때문에 더 자존심이 셌다. 아니, 애초에 자존심 때문에 아웃사이더가 됐다는 게 맞는 말일 것이다. 물론 지금은 아니지만.

"원하는 게 뭔가?"

막시만의 시선이 휘린에게 향하자 휘린은 여유 있는 웃음을 입에 매달았다. 좀 병약해 보이는 미소녀의 웃음이라 그리 큰 기세를 풍기지 않을 거라 생각하면 오산이다. 휘린은 전형적인 외유내강 스타일이다. 겉으로는 연약하나 정신은 굳건, 단단했다.

"기사 대결."

"뭐?"

"기사 대결을 원해요."

막시만이 잠깐 침묵하더니 커다란 웃음을 터뜨렸다. 딱 봐도 가소롭단 감정이 짙게 배어 있다. 그의 웃음은 한참이나 계속됐다. 끅끅거리며 겨우 웃음을 멈춘 그가 휘린을 노려봤다.

"저자를 믿고 하는 말인가?"

"……"

막시만의 말에 휘린은 그저 침묵과 미소로 답했다.

"이 막시만을 너무 무시하는군. 고작 저런 놈을 믿고… 내가 작정하면 붉은 늑대 서른이 아니라 용병단 전체를 잡아 죽일 자를 구하는 건 일도 아니야."

"구하세요."

"뭐라?"

"구하세요, 꼭."

이번에는 대답해 줬다.

조소와 함께.

휘린은 대답 후 조사원을 바라봤다.

"가능하죠?"

"네. 물론 기사 대결이 이루어지면 결과가 이떻게 나오든 막시만 상회는 면책의 권한을 얻습니다. 알고 계실 거라 믿습니다."

"물론이에요."

치안대.

무시할 곳이 아니었다.

상업 도시 리안의 치안 자체를 책임지는 독립기관이다. 더 나아가 프란 왕국에서 가장 많은 재화가 모이는 도시의 중심을 잡는 기관이다. 그래서 치안대에 한번 찍히면 골치 아픈 정도로는 안 끝났다.

'현대의 검찰, 경찰에 법원까지 합쳐놓은 곳이군.'

석영은 막시만이 반드시 응할 거라 생각했다. 대충 휘린에게 들었는데 치안대는 대단한 곳이었다. 조사권과 기소권, 판결권까지 전부 가진 곳이 치안대였다.

만약 막시만이 응하지 않으면? 정식 조사가 시작됨과 동시에 막시만 상회는 그 즉시 모든 업무를 멈춰야 할 것이고, 작정한 치안대가 막시만 상회를 머리부터 발끝까지 훑어 죄란 죄는 모조리 끄집어낼 것이다. 그렇게 되면?

파산이다.

살아남을 방법 따위는 절대로 없었다.

"조건은?"

"조건은 당일 밝히는 걸로 알고 있는데요?"

그리고 역시 생각대로 막시만은 기사 대결을 받아들였다.

모두 의도대로 됐지만 아직 의문은 남아 있는 상태였다.

레온, 바로 그였다.

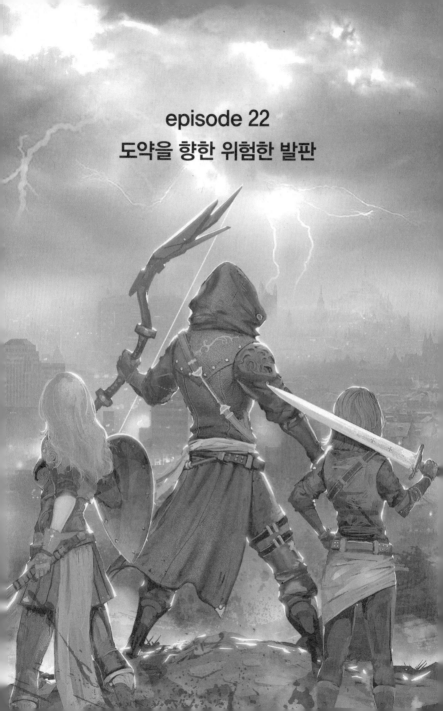

episode 22
도약을 향한 위험한 발판

시간은 금방 흘렀다.

약속한 일주일이 지났고, 치안대의 연무장에서 비공개로 치러지지만 막시만 상회와 라블레스가의 기사 대결 소문은 다시 한번 리안을 흔들었다. 기사 대결, 혹은 대리인 결투 등으로 불리는 이 제도의 부활 때문이다.

어느 쪽이 먼저 제안했는지는 밝혀지지 않았지만, 세인들의 관심은 승자가 누가 될 것이냐, 승자가 가질 보상이 무엇이냐에 초점이 맞춰졌다. 가공을 한다면 몇백만은 되는 보물과 막시만 상회가 가진 공방과 점포들. 과연 누가 가지고 누가 뺏기냐에 대해 말이 많았다.

그게 궁금해 치안대에 사람들이 몰려들었지만 당연히 입장을 밝힐 수 없었다. 사실 결투가 끝남과 동시에 밝혀질 일이기도 했다. 왜냐하면 치안대 정문 대자보에 결과를 그대로 통보하기 때문이다.

그래도 궁금한 건 어쩔 수 없었다.

이러한 세인들의 관심을 등에 업고 치안대 연무장에 라블레스가와 막시만 상회가 모였다. 오랜만의 기사 대결이라 치안대 넘버 투라 할 수 있는 관리관이 직접 나왔다. 치안대 대장의 바로 아래 계급이고, 대장을 빼고 모든 관리 감독을 하는 직위였다.

"라블레스가에서 조건을 얘기하십시오."

사십 대 초반으로, 관리관으로 있기에는 매우 젊은 나이의 사내였다. 날카롭게 각진 턱과 눈매 때문에 관리관에게서는 굉장히 사무적인 느낌이 났다. 그런 관리관의 말에 휘린이 한 걸음 앞으로 나서며 대답했다.

"본가에서 소유한 몬스터 부속품을 걸 것이고, 승리 시 막시만 상회의 공방을 원합니다."

"하……."

이십 보 이상 떨어진 거리에 있는 막시만의 어이없는 탄성이 들려왔다. 그러나 막시만이 그걸 거부할 수 있는 방법이 없었다. 이걸 거절하면 치안대가 점거한 막시만 상회 전부를 탈탈 털기 시작할 것이고, 막시만은 그대로 연행되어 옥으로 끌려갈 것이다. 이후 재판에서 밝혀질 죄의 경중 여부로 형기가 결정 나고, 인생은 그대로 종막을 맞이하는 것이다.

세인들은 장담한다. 공명정대한 치안대의 판결이라면 라블레스가 기습 건 하나만으로도 막시만의 인생이 끝난다는 걸.

그러니 막시만은 휘린의 말을 무조건 받아들일 수밖에 없었다. 게다가 발언권도 없었다. 정상적인 대결이라면 서로 무게가 비슷한 것을 걸어야 하지만, 이번엔 말 그대로 특수한 상황. 닥치고 대결에 임해야 할 뿐이다.

"그럼 대리 기사들 입장하세요."

본격적인 결투의 시작을 알리는 관리관의 한마디. 여태껏 조용히 서 있던 석영이 한 발 앞으로 나섰다. 그리고 휘린이 석영의 신분을 증명할 고용 서류를 관리관에게 건넸다. 석영이 나서자 건너편에서도 한 사내가 나섰다.

나이는 서른 중반쯤으로 석영과 비슷한 나이, 피에 담갔다 뺀 듯한 선홍빛 머리, 키는 180 정도에 석영보다 어깨 하나는 더 있을 정도로 단단한 체형의 사내였다. 무엇보다 눈에 띄는 건 게슴츠레 뜬 눈과 입가에 걸린 비릿한 조소였다.

"도살자 질란도입니다."

헨리가 딱딱하게 굳은 얼굴로 사내의 이름과 별명을 읊었다.

"A급 용병 중에서도 백 위권에 드는 인물로 혼자 활동합니다. 현재 리안 성에서는 세 손가락 안에 들어갑니다. 그의 별명 도살자는 예전 앙심을 품은 용병단 하나를 홀로 해체했을 때 붙은 것입니다. 그리고 별명만큼 피를 즐기는 잔인한 자입니다."

이어진 설명을 듣고서도 석영은 조용히 고개만 끄덕였다.

'A급이라…….'

궁금했다.

그리고 서서히 몸이 달아오르고 있었다. 전투가 주는 흥분. 신중하지만 소심한 성격은 아닌 석영이다. 이미 제대로 해보기로 마음먹은 마당이라 그런지 공포보단 얼른 활을 빼고 싶었다. 조용히 소환된 타천 활을 손에 쥔 석영이 천천히 앞으로 걷기 시작했다.

"조심하세요."

휘린의 말에 가볍게 고개만 끄덕인 석영은 질란도를 다시 살폈다. 히죽 웃고 있는 질란도의 무기는 길쭉한 장도였다. 그 무기에 잠깐 시선을 두는 석영.

'일본도 비슷한데?'

아니, 일본도 그 자체였다.

'저런 게 왜 이곳에?' 하는 의문이 순간 올라왔으나 올라올 때보다 더 빨리 사라졌다. 한문도 있는 세상이다.

일본도가 있어도 하나도 이상할 게 없었다.

"이름이 뭐냐?"

질란도의 질문에 석영은 조용히 시위에 손을 댔다. 굳이 대화를 나눠보고픈 마음이 없었다. 심장박동 소리가 들리는 것 같다.

"두 분, 준비됐습니까?"

관리관의 질문에 석영은 이번에도 고개만 끄덕였다. 질란도도 피식 웃더니 고개를 끄덕였다.

"그럼 시작하겠습니다."

스윽.

관리관의 손이 올라가기 무섭게 둔중한 종소리가 연달아 두 번 울렸다. 들어서 알고 있다. 세 번째 종이 울리는 순간이 전투의 시작이라는 걸.

데엥!

파바박!

소리가 울리기 무섭게 질란도가 거리를 좁혀 왔다. 상체를 숙인 전형적인 발도 자세였다. 그러나 석영은 제대로 보고 있었다.

"가속……."

나직한 한 마디 이후 기묘한 감각이 전신에 느껴지기 시작할 때 이미 두 발은 석영의 명령을 받들어 움직였다.

사사삭!

쉬아아악!

급속도로 세 걸음을 물러났을 때, 질란도의 장도가 석영이 있던 공간을 갈랐다.

"어쭈?"

석영이 피하자 질란도가 의외라는 표정으로 말했고, 그 말을 들으며 석영은 전투 중임에도 정신적인 여유가 있음을 느꼈다.

'아영이에 비하면… 많이 부족하네.'

비교할 대상이 아영이밖에 없었다. 한지원이야 애초에 상대가 안 되고 아영이는 기사 클래스에서도 거의 상위권에 있을 것이다. 그런 그녀와 비교하면 질란도의 이번 공격은 그리 위협적이지 못했다.

'이곳 세상의 수준이 떨어지는 건가?'

하긴, 그럴 만도 했다.

한 분야에서 인간이 해낼 수 있는 수준을 벗어난 이들을 초인이라고 지칭하는데 전투 부분은 서른 정도로 그 수가 희박했다. 지금도 마찬가지. 질란도의 공격이 아주 잘 보였다.

가속을 안 썼으면 당한 거 아니냐고?

아니다.

가속이 없었다면 아마 발을 떼는 순간 뒤로 물러났을 것이다. 나오기 전 온몸에 바른 육체 강화의 효과가 그 정도는 충분히 가능하게 해줄 것이다.

쉬익!

다시금 거리를 좁혀 오는 질란도.

단조롭지만 선이 명확한 공격법.

'이게 전분가?'

그런 생각을 하며 석영이 다시 피하려는 찰나 '투!' 하는 소리가 들렸고, 등골을 짜르르한 뭔가가 혹 훑고 지나갔다.

경고다, 조심하라는. 석영은 그걸 무시하지 않았다. 즉각 고 개를 비틀었다.

"큭!"

고개를 트는 순간 볼을 스치고 지나가는 세침.

'혀에 넣고 쐈다?'

타다닷!

뒤로 몇 걸음을 물러나는 순간 갑자기 볼에 차가운 느낌이 들었다.

'독!'

즉각 품에 손을 넣는 척하며 해독제를 꺼내 입에 넣는 석 영. 라니아에도 독은 있었다. 종류도 여러 가지다. 마비와 쿨 마다 피를 깎아내는 형태의 독도 있는데, 그런 독은 해독제 하나로 전부 해결이 가능했다.

사르르.

차가운 감각은 순식간에 사라졌다.

"오, 질 좋은 해독제가 있었나 봐?"

이 새끼, 피를 좋아할 뿐만이 아니라 비열하기까지 했다. 설 마 시작부터 독을 쓸 거라고는 예상 못 한 석영이고, 이 경험 이 분노의 좋은 재료가 되었다.

"왜, 비겁하다고 하게? 몰랐나? 기사 대결은 모든 형태의 공 격이 가능하다는 걸?"

알고 있었다.

다만 대인전은 처음이라 조금 마음을 놓았을 뿐이다.

"큭큭! 표정을 보니 꽤나 열받은 모양인데⋯ 도망만 칠 거야? 보여줘야지? 늑대 애들 손본 실력 좀 보여줘. 그게 궁금해서 내가 별 시답잖은 짓까지 하고 있잖아?"

피식.

보여달라니까.

"소원이라면."

들어주기로 했다.

두드드득!

말없이 철시를 걸어 시위를 당기는 석영.

"큭큭! 오! 자, 쏴봐!"

자신감 넘치는 표정으로 양팔을 벌리는 질란도. 물론 이미 거리는 충분히 벌려놓은 상태였다. 사격 타이밍만 잡아서 피할 요량인가 본데, 상대를 골라도 한참 잘못 골랐다.

투웅!

"잉?"

석영은 하늘로 쐈다.

놈의 고개가 시꺼먼 철시를 따라 하늘로 올라갔다가 다시 천천히 석영에게로 내려왔다.

"지금 이게 뭐 하자는⋯⋯."

퍽!

표정을 굳힌 질란도가 석영에게 따지려고 했지만, 그 말을 끝까지 뱉지 못했다. 어느새 직각에 가까운 궤적을 그린 철시가 놈의 어깨를 그대로 뚫어버렸기 때문이다.

"이게 뭔⋯⋯."

투웅!

놈이 놀란 듯 멍하니 말을 내뱉었을 때 석영의 두 번째 화살이 다시금 하늘로 날아갔고, 조금 뒤 반대쪽 어깨를 뚫었다.

퍼걱!

"커억!"

이번엔 상체가 그대로 뒤흔들리며 비틀거리는 질란도. 이미 붉은 기를 머금은 장도는 바닥을 구르고 있었다.

투둥!

다시금 연달아 두 발.

올라가다 말고 그대로 수직으로 내꽂힌 철시가 질란도의 허벅지를 꿰뚫고는 그대로 바닥에 박혔다.

"끄아아악!"

이제야 붉은 늑대들처럼 고통에 찬 비명을 질렀다.

석영은 타천 활을 내렸다.

"으악! 으아아악!"

뒤늦게 올라온 고통에 질란도가 몸부림을 쳤다.

삐이익!

"대결 종료!"

관리관이 호각을 불며 바로 전투 종료를 선언했다. 일방적이고 무자비한 전투였다. 초시계로 쟀다면 아마 3분도 안 지났을 것이다. 관리관의 대결 종료 선언 이후에도 치안대 연무장은 정적만 흘렀다.

다들 너무 일방적이라 멍하니 석영만 바라보고 있었다.

시선, 이게 또 익숙지 않은 거라 석영은 헛기침을 하고 신형을 돌려 아직도 고통에 찬 비명을 지르고 있는 질란도를 바라봤다. 치안대원들이 급히 붙어 조심스럽게 화살을 빼고 있다.

A급 용병이다.

근데 3분 만에 철저하게 발렸다.

그래서 그를 고용한 막시만은 멍한 표정으로 석영과 질란도를 번갈아 봤다.

"승자, 라블레스가."

슥, 스스스슥.

보고서에 승자를 적으며 나온 관리관의 말에 휘린과 막시만은 정신을 번쩍 차렸다.

"이, 이건 무효다! 비겁한 술수를 쓴 게 틀림없어!"

막시만의 말에 안 그래도 차가운 관리관의 표정이 더욱 차가워졌다. 아예 얼음 그 자체라 할 수도 있을 표정이다. 그러나 흥분한 막시만은 그걸 못 봤나 보다.

"다, 다들 봤잖나! 관리관님도 보셨잖습니까! 저놈 저거 분명 하늘에다가 쐈습니다! 맞아! 그래! 누군가 도운 거야! 관리관님, 비공개 대결 아닙니까! 이건 룰 위반입니다!"

흥분해서 내던진 말이 스스로를 더욱더 파멸로 밀어 넣고 있다는 걸 막시만은 모르는 것 같았다.

"사인."

"관리관님!"

"사인."

"이익!"

막시만이 흥분하자 치안대원이 대번에 나섰다. 대원 하나하나가 A급 용병 싸다구를 날릴 정도의 기세를 풍기는지라 그제야 막시만은 흥분을 가라앉혔다. 으득 이를 간 막시만이 사인을 하고 휘린도 사인을 하자 치안대의 공식 도장을 찍은 막시만 공방 보증서가 휘린의 손으로 넘어왔다.

참 쉽다. 작게는 몇백만, 크게는 몇천만의 가치가 있는 공방을 얻는 게.

막시만이 으득으득 이를 갈며 휘린을 노려볼 때, 관리관이 석영을 스쳐 지나갔다.

"조만간 찾지."

다시 보자는 말과 함께 그는 멀어져 갔다.

기사 대결이 있은 후 늦은 밤.

리안이 기사 대결의 결과로 인해 떠들썩해지고 있을 무렵, 그 주인공이라 할 수 있는 라블레스가도 떠들썩했다.

"우와! 스승님, 보셨죠! 화살이 쉭! 쉭! 쉭! 꺾여서 어깨에 박히던 거!"

"그래, 봤다."

"대단했습니다!"

이례적으로 허락한 포도주 몇 잔에 라울이 얼굴을 벌겋게 물들이곤 흥분해 소리쳤다. 그런 제자의 흥분을 헨리도 가볍게 받아줬다. 두 잔째 마시고 있는 휘린의 볼도 빨갛게 익어 있었다. 그녀의 시선은 혹시 몰라 금주 중인 석영에게 향해 있었다.

조마조마했다. 혹시라도 석영이 질까 봐 말이다.

기습을 해결할 때 그 실력을 충분히 봤음에도 기사 대결엔 그녀도 긴장했다. 만약 지면 아무리 석영이 내놓은 거라지만 가치 있는 몬스터 부속품을 모두 빼앗기기 때문이다. 더불어 이 기사 대결 때문에 석영이 다치는 것도 싫었다. 그러나 그런 걱정은 모두 부질없었다.

3분이다, 3분.

A급 용병이라는 도살자 질란도가 고통이 가득 찬 처절한 비명을 내며 쓰러지는 데 걸린 시간이 말이다.

그녀는 가신 헨리가 B급 중간에 겨우 턱걸이하고 있다는 것도 알고 있었다. 라울은 말할 것도 없었다. 그가 헨리에게 검을 배우기 시작한 지 이제 겨우 5년도 안 됐으니 말이다.

'도대체 어느 정도일까? 초인은 다 저런 걸까?'

휘린은 석영의 경지가 궁금했다.

더불어 한 번도 본 적이 없는 초인들도 궁금했다. 단어 그대로 인 외의 경지에 든 강자들. 검으로 검을 종이 자르듯 자른다고 들었다. 실제로 본 적이 없는 휘린이지만 그게 얼마나 대단한 건지는 충분히 알고 있었다.

"석영 님."

휘린의 부름에 그녀가 급히 구워 내놓은 과자를 입속에 넣고 씹던 석영은 시선을 돌리고 이내 꿀꺽 삼켰다.

"네."

"그 궁술은 어디서 배운 거예요?"

"네?"

'궁술을?'

휘린의 질문에 석영은 난감한 표정을 지었다. 궁술을 배운 적이 없기 때문이다.

자동 타깃팅 기능. 리얼 라니아가 궁수 유저들에게 부여해 준 능력이다. 사람 간 시간 차이는 있지만, 순간 집중만 빠르면 거의 1초 만에 타깃팅이 가능해진다. 타깃팅이 되면 시위를 놓으면 된다. 그러면 한 치의 오차도 없이 타깃팅 된 목표 지점에 화살이 휘리릭 날아가 꽂힌다.

'근데 그걸 말해줄 순 없고.'

게다가 석영은 휘린이 궁금한 게 추적 샷이라고 생각했다. 이건 더더욱 못 알려줄 얘기였다. 배우기만 하면 정신 집중으로 말도 안 되는 효과를 부여하는 게 바로 스킬이다. 추적 샷

의 경우는 현재 석영에게 없어서는 절대로 안 되는 스킬이고,
끝까지 가져가야 할 스킬이었다.

"석영 님?"

"네? 아, 죄송합니다. 저는 독학으로 배웠습니다."

"독학… 으로요?"

"네. 무슨 문제가 있습니까?"

"아니요. 그런 건 아닌데……."

휘린의 눈가에 머문 놀람을 보며 석영은 잠깐 고개를 갸웃
거렸다. 그게 그렇게 놀랄 일인가 싶어서이다.

"정말… 독학하셨습니까?"

"네?"

이번 질문은 휘린이 아닌 헨리에게서 나왔다. 그의 눈에도
놀람과 불신이 떠올라 있었다. 석영은 거짓이 아니기에 고개
를 재차 끄덕였다.

"네."

"허허."

뭔가 허탈함이 깃든 그의 웃음에 석영은 살짝 미안한 감이
들었다. 그는 한평생 수련했다고 했다. 그런데도 현재의 경지
이다. 즉, 재능의 차이. 헨리는 대성할 그릇이 아니라는 소리
였고, 그런 헨리가 현재 서른 중반인 석영의 경지에 허탈함을
느끼는 건 이상한 일이 아니었다.

다만 이게 자연스레 주어졌기에 미안함이 들었다. 그래서

뭔가 다른 말을 해줄 수는 없었다.

"남은 기간 동안 휘린 님과 라블레스가를 부탁드립니다."

헨리는 기사로서의 재능은 별로였지만 마음만큼은 대인배였다. 허리를 숙이며 하는 부탁에 석영은 난감한 표정으로 휘린을 돌아봤다. 그녀의 입가에는 미약한 미소가 감돌고 있었다. 자신의 가신에게 보내는 포근한 미소. 시기, 질투만큼 추잡한 것도 없고, 그걸 휘린은 잘 알고 있는 것 같았다.

"네."

석영의 짧은 대답에 헨리는 다시금 허리를 세웠고, 얼굴에는 고맙다는 감정이 듬뿍 담겨 있었다.

참 어색하다. 이런 적이 없어서.

'누군가의 기대라……'

어릴 적 부모님께 받아본 게 아마 전부가 아닌가 싶다.

등골을 타고 짜릿짜릿한 게 지나갈 무렵이다.

"참, 오렌 관리관님이 한번 보자고 하지 않았어요?"

"오렌… 관리관요? 아, 그 사람."

용케 들었나 보다.

"초인도 아니신데 별명이 있어요."

"별명요?"

"철혈의 관리관, 뭐 그런 별명이에요. 칼로 찔러도 피 한 방울 안 나올 것 같다고. 원리 원칙을 벗어난 적이 없는 분이에요."

"그렇습니까?"

이 오글거림.

석영은 팔에 닭살이 올라오는 것을 느꼈다. 철혈의 관리관이라니. 정말 유치찬란한 별명이다.

하지만 석영은 자신이 전장의 유린자로 불린다는 것을 까먹고 있었다. 둘 다 비슷비슷해서 우열을 가릴 수 없는데도 말이다.

"처음 들었어요. 그분 일거수일투족이야 모두 세인의 관심사라 어떻게든 흘러나오거든요. 그런데 누군가를 딱 지목해서 본인이 먼저 직접 나서서 보자고 한 적은 없었어요."

석영은 그냥 고개만 끄덕였다.

휘린도 석영의 반응에 고개만 끄덕였다.

"아마 질질 끄는 건 질색인 분이시니 내일이나 모레쯤 바로 연락이 올 거예요."

"혹시 주의할 만한 사항이 있습니까?"

높은 사람을 만나는 일이다. 그러니 괜한 실수 하지 않게 미리 방지하는 게 좋았다. 혼자라면 이런 건 신경도 안 쓰겠지만 지금은 라블레스가에 고용되어 있는 상태이다. 조심해서 나쁠 건 하나도 없었다.

'상업 도시 리안을 주무르는 치안대의 넘버 투라……. 혼자였다면 아예 만나지도 않았겠지.'

하지만 기왕 이렇게 된 거, 좋은 방향으로 끌고 가고 싶었다. 질질 끌려다니는 거야 한지원 하나로 족했다.

'그나저나 그 여자는 어디까지 나갔을까? 나랑 같을까?'

괜히 궁금해졌다.

그리고 갑자기 호승심이 감정의 바다 가장 깊은 곳에서부터 조금씩 피어올랐다. 이기고 싶어진 것이다. 직접 싸워서는 솔직히 승산이 없다. 하지만 이번 퀘스트라면 어쩌면 그녀를 넘어설 수 있지 않을까 하는 생각이 들었다.

진지하게 고민하다가 갑자기 피식 웃음을 흘렸다.

"왜 그러세요?"

"아닙니다."

석영은 고개를 저으며 아무것도 아니라고 하곤 속으로 다시 한번 실소를 흘렸다.

'그 여자는 나 같은 건 신경도 안 쓰고 있을 텐데……'

혼자 라이벌이니 넘어야 할 산이니 하는 자신이 웃겼다.

"후우."

석영은 짧게 한숨을 내쉬어 생각을 정리했다.

이어서 휘린이 대외적으로 알려진 오렌 관리관에 대해 알려줬고, 얘기가 끝나는 순간 조촐한 축하연도 끝이 났다.

*   *   *

과연 오렌 관리관은 질질 끄는 성격이 아니었다. 기사 대결이 끝나고 하루도 지나지 않아 석영은 치안대 본청에서 관리관을 만나고 있었다.

"반갑네. 관리관 오렌이네."

"정석영입니다."

"알아. 어제 라블레스가의 고용 보증서를 봤으니."

사람을 무안하게 하는 재주도 있었다.

가까이서 마주 앉아 보는 그의 모습은 원리 원칙을 철저히 따지는 고위급 행정가이고, 탄탄한 모습은 냉정한 군부의 인물처럼도 보였다. 석영도 이런 성격의 인물을 몇 번 봤다. 때려치우기 직전의 직장 상사.

'사람을 질리게 잘 다뤘지.'

그 사람의 모습이 오렌에게서도 보였다.

"일단 차부터 한잔하지."

그가 손을 들기 무섭게 대기하고 있던 치안대 정복(正服) 차림의 여성 대원이 바로 테이블 위에 차를 포함한 다과를 차려 놓았다.

석영은 솔직히 이 사내가 자신을 보자고 한 이유가 궁금했다. 하지만 먼저 묻지는 않았다. 청했으니 어차피 말해줄 것이다. 그리고 예전에 그 사람 잘 다루던 직장 상사가 해준 말이 있다.

"청은 결국 급한 사람이 하게 되지. 그럴 경우엔 조용히 상대가 말을 꺼낼 때까지 기다리라고 했다."

분명 자신을 보자고 한 이유가 따로 있을 거라 생각했다. 철혈이란 단어가 붙을 정도의 사내가 설마 차나 한잔하자고 부르진 않았을 것이다. 이렇게 생각하니 마음이 차분해졌다.

그렇게 서로 말없이 찻잔만 기울이기를 5분. 그의 손짓에 대원이 다시 움직였고, 테이블 위가 깨끗해졌다.

"깨끗하더군."

"뭐가 말입니까?"

"자네 과거. 대결이 끝나고 조사를 지시했지. 리안에서 자네의 행적은 아주 깨끗해. 이제 막 이곳에 들어선 사람처럼."

"맞습니다."

뒷조사라……. 기분 나쁠 일이다.

그런데 이 남자 오렌이 저렇게 당당하게 얘기하니 오히려 별것 아닌 일처럼 느껴졌다.

"그런데 리안 말고 프란 왕국에서도 안 나오더란 말이지. 자네의 이름에 대한 그 어떤 것도."

"세상에 나온 지 얼마 안 됐습니다."

이 정도 질문은 충분히 예상하고 있었다.

그리고 그 대답은 휘린에게 해준 답으로 대체해 버렸다.

"훗, 정석이군."

그러자 오렌이 피식 실소를 흘리더니 마치 그럴 줄 알았다는 것처럼 혼잣말인지 들으라고 한 말이지 아리송한 말을 내뱉었다.

"스승은?"

"독학입니다."

"흠, 그건 재미없는 대답이군."

"혹시 재미 넘치는 대화를 원해서 저를 불렀습니까?"

"내가 그렇게 한가한 자리에 앉아 있는 사람은 아닐세."

"그럼 본론으로 넘어가고 싶습니다만."

"들으면 그걸로 끝이야."

냉기를 듬뿍 담고 나온 오렌의 말에 석영은 원치 않는 상황에 휘말릴 것 같다는 느낌을 받았다.

'휘말리는 건 질색인데…….'

석영의 표정이 순식간에 변했다. 아니, 찡그려졌다는 게 맞는 표현일 것이다.

"그래도 바로 듣겠나?"

"잠시만 시간을 주십시오."

이런 상황은 솔직히 전형적인 패턴이다. 특히 판타지나 무협 소설에는 거의 대부분 등장한다. 스토리 라인에 중요할 수도 있고, 아니면 퀘스트처럼 단발성으로 그칠 때도 있었다. 아직 듣지 못했으니 스토리 라인에 비중이 큰지 단발성인지는 모른다.

'한 가지 분명한 건 이런 일일수록 난이도가 높아.'

분명 위험하니까 들으면 강제로 맡아야 한다는 뜻이고, 그럴수록 어렵다는 뜻도 같이 담고 있었다. 석영은 그걸 자신을 조사까지 한 것으로 충분히 알 수 있었다. 하지만 반대로 오렌도 이건 쉽게 석영에게 맡기기 어렵다는 뜻도 됐다. 석영이 선한 사람인지 악한 사람인지 정보가 아예 없기 때문이다.

그래서 서로 망설이고 있었다.

오렌이 말을 꺼내면 석영은 분명 위험한 그 일을 강제로 맡아야 한다.

반대로 석영이 먼저 일어나면 이 자리는 없던 자리가 된다. 대신 앞으로 어떻게 될지 모른다.

'원리 원칙에 따라 입막음을 할 수도 있겠지.'

물론 이건 너무 나간 것일 수도 있지만 조심해서 나쁠 건 없었다. 그리고 거절 자체가 어쩌면 라블레스가 메인 퀘스트에 악영향을 끼칠 수도 있었다. 치안대가 사사건건 나서면 정말 골치 아파질 테니 말이다.

고로 선택해야 했다.

"듣겠습니다."

"수도까지 사람 호위를 부탁하지."

근데 동시에 오렌도 선택을 했나 보다. 그래서 두 사람은 서로 잠시 빤히 바라보다가 동시에 피식 웃었다.

석영이 오렌의 말을 들기로 결정한 이유는 딱 하나이다. 뭔지는 몰라도 성공하면 퀘스트의 진척도를 높이는 데 도움이 될 것 같아서였다.

그런 말이 있다.

하이 리스크, 하이 리턴.

위험이 높은 만큼 수입도 높다는 말. 위험이 먼저 선행되고 이후에 그 보답으로 성과물이 찾아온다는 뜻이기도 하다. 이제는 애들도 아는 말이다. 어차피 제대로 즐기기로 했다. 안전하게 가고 싶었다면 애초에 리얼 라니아 자체를 즐기면 안 되었다.

"사람 호송. 당연히 정체는… 알려주지."

"네?"

"알려준다고. 누구인지도 모르고 호송하는 것보다는 낫지 않겠나?"

피식.

당연히 못 알려주겠다고 할 줄 알았다. 오렌의 표정을 보니 농담하는 게 아닌 것 같다. 진짜 그게 나으니까 알려준다는 표정이다. 이 사람은 아마 장난이란 단어도 모를 것 같단 생각이 들었다.

"누굽니까?"

"프란 왕국 제일왕녀 마리아 프란 님이시네."

크다.

시작부터 스케일이 엄청 크다.

관리관이란 사람이 직접 부탁해서 높은 사람일 줄은 알았다. 하지만 설마 왕국의 공주일 줄은 예상 못 했다. 너무 시원시원하게 나와 석영도 순간 제대로 이해를 못 할 뻔했다.

"후우."

"왜, 후회되나?"

"낙장불입이란 단어 아십니까?"

"물론, 꽤 좋아하네. 화투라는 게임. 그 게임으로 도박하는 놈들은 싫어하지만."

피식.

설마하고 물어봤는데 화투까지 존재하는 세계이다. 이게 존재하니 포커도 있을 거란 생각이 들었지만 굳이 묻진 않았다. 그게 중요한 건 아니니까.

"어쨌든 후회는 안 합니다. 스케일이 너무 커서 놀랐을 뿐."

"후회는 안 한다니 다행이군."

냉막한 얼굴로 다행이라 말하는데 전혀 다행이라 생각하는 것 같지가 않았다. 표정을 이용하는 데엔 형편없는 오렌이었다.

"왜 저입니까? 뭘 믿고? 조사해도 아무것도 안 나왔다고 들었습니다만."

"당신이니 부탁하는 거네. 아무것도 모르지만 실력만큼은 확실하지. 기존 오십 인 체제의 초인 권좌를 뒤흔들 강자의 출현. 만약 오히려 알려졌다면 이렇게 부탁 안 했을 거야. 알려지지 않았기 때문에 도박을 해볼 가능성이 생긴 거지."

"조용한 호송입니까?"

"호송이라 했지만 호위라고 봐도 좋네. 무조건 무사히 왕궁까지만 모시면 되네."

"무사히라……. 후계자 다툼이군요. 아니면 반란, 내전이든가."

"파악이 빠르군. 맞아. 왕국민은 모르지만 지금 프란 왕국은 내전 발발 직전이지. 이건 귀족들과 최고위층이 아니면 아무도 모르는 극비야. 어디 가서 퍼뜨리지 말도록."

"퍼뜨리지 말라면서 왜 말해줍니까?"

"뭐, 말해도 믿어줄 사람들이 희박할 테니까. 내가 말하는 것과 자네가 말하는 건 무게가 다르지 않나."

"하긴……."

단박에 이해가 된다.

석영은 영향력이 별로 없다.

있다면 막시만 상회나 치안대, 그리고 라블레스가 정도?

하지만 오렌은 다르다. 이 남자가 왕국은 내전 중이다 하는 순간 진짜 없던 내전도 생길 수 있다. 그 정도로 말의 무게가 달랐다.

"언제 출발합니까?"

"출발은 언제고 상관없네. 아, 왕국 건국제인 석 달 후까지만 왕궁에 도착하면 되네."

"알겠습니다. 준비가 되는 대로 찾겠습니다. 참고로 이 건, 라블레스가와 공유하겠습니다."

"그래도 되네. 일이 잘 풀리면 휘린 가주에게도 나쁘지 않을 거야."

"그럼 이만."

아까도 말한 하이 리스크, 하이 리턴. 그 안에 라블레스가도 강제로 탑승하는 순간이다.

석영은 자리에서 일어났다. 짧게 손만 흔드는 오렌을 뒤로
하고 문밖으로 나간 석영은 바로 치안대를 벗어났다.

바로 휘린을 만나볼까 하다가 생각을 정리할 필요가 있다
는 걸 깨닫고 라블레스가 근처의 찻집으로 들어갔다.

아까 마신 허브차를 시켰다.

'자, 하나씩 정리해 보자.'

메모지를 꺼내 하나씩 지금의 상황을 정리하려는 순간이다.

신세계 퀘스트 등장

멈칫!

갑자기 뜬 시스템 공지가 석영의 행동을 강제로 멈추게 했다.

'신세계 퀘스트?'

처음 듣는 퀘스트다. 석영은 라니아에 이런 퀘스트가 있나
생각하려다가 바로 멈췄다. 이건 이제 라니아가 아니었다. 아
예 다른 세상이니 이런 게 있어도 이상할 건 없었다. 대체 이
게 뭔가 생각하려고 해도 뭐 아는 게 있어야 할 것이 아닌가.

'그냥 메인 퀘스트의 일종이라 생각하면 되는 건가?'

절레절레.

뭐가 뭔지 하나도 모르겠는 석영이다.

애초에 리얼 라니아도 불친절의 극치였고, 그래서 깊게 파

고드는 걸 관뒀던 석영이다. 이번에도 그냥 그렇게 이해하고 넘어가야 할 것 같았다.

식어버린 찻잔을 드니 창밖으로 석양이 지고 있다. 슬슬 막시만 공방, 이제는 라블레스 공방에 갔던 휘린이 올 때가 됐다는 생각에 라블레스가를 바라보니 정말 기가 막히게 그녀가 타고 다니는 마차가 들어가고 있었다.

후릅.

작게 한 모금 마시고 잔을 내려놓은 석영은 바로 라블레스가로 갔다. 아직 정문 경비병도 없어 그냥 안으로 들어간 석영은 거실에서 밝게 웃고 있는 휘린을 볼 수 있었다. 그녀도 마침 석영을 발견하곤 더욱 환하게 웃으며 다가왔다.

"잘 갔다 왔어요?"

"네. 공방은 어땠습니까?"

"좋아요. 실력 있는 장인분들이 많아서 계약서를 좀 더 깔끔하게 수정하고 앞으로 잘 부탁드린다고 인사하고 왔어요. 아, 물론 물건은 넘기고요."

"잘됐네요."

"석영 님은요? 오렌 관리관님이 무슨 일로 불렀다고 하던가요?"

"후, 그 일로 드릴 말씀이 있습니다."

석영의 한숨 때문일까?

휘린의 얼굴에 머물러 있던 미소가 천천히 물러났다. 이어 고개를 작게 끄덕이곤 거실 소파에 앉았다. 석영이 마주 앉자 헨리와 라울이 빠르게 두 사람의 뒤에 섰다.

석영은 일단 오늘 오렌 관리관과 있던 일을 정리했다. 정리가 되어야 깔끔하게 대화를 풀 수 있기 때문이다. 그처럼 직설적인 화법을 가졌다면 좋겠지만 안타깝게도 석영은 그런 화법을 가지고 있지 못했다.

일단 정리가 끝나자 석영은 한마디를 던졌다.

"듣는 순간 무조건 개입해야 됩니다."

"네? 아, 네."

"그래도 듣겠습니까?"

시작은 오렌이 한 그대로 따라 했다. 그런 석영의 말에 휘린은 당연하게도 일단 침묵으로 답했다.

이건 정말 당연한 반응이다. 시작부터 겁을 줬다. 무조건 개입이라는 강제성을 설명했고, 표정을 굳힘으로써 자신도 쉽지 않음을 암시했다. 만약 여기서 덥석 물 사람이었으면 애초에 말도 꺼내지 않았을 것이다. 한 집단을 이끄는 대장에게 사고력이 없다는 건 정말 최악이니 말이다.

"……"

"……"

숨소리조차 들리지 않는 거실.

휘린은 장고에 들어갔다. 본능적으로 지금 이 순간의 선택이 라블레스가의 미래를 좌지우지할 굉장히 중요한 일이라는 걸 깨달은 것 같았다. 그녀의 감각이 나쁘지 않음에 석영은 안도했다.

5분, 10분이 흘렀다.

그녀는 끊임없이 계산 중인 것 같았다. 아직 뭔 내용인지도 모르면서 말이다. 말했지만 석영은 이런 계산적인 면이 마음에 더 들었다. 그녀의 그런 장고는 라울이 이런 숨 막히는 침묵이 싫었는지 슬금슬금 어깨를 풀려는 순간에 끝났다.

"듣겠어요."

"경고했습니다."

"알아요. 그래도 듣겠어요. 하이 리스크, 하이 리턴. 전 이 말, 꽤나 좋아해요."

피식.

저 말, 오늘 참 많이 생각하고 듣는 단어이다.

"관리관에게 사람 호위를 부탁받았습니다. 목적지는 왕도."

"왕도요? 왕도 프란?"

왕국의 이름이 곧 왕도의 이름인가 보다고 잠깐 생각하던 석영은 고개를 끄덕이며 다시 입을 열었다.

"네, 그곳 맞습니다. 정확하게는 왕궁입니다."

"왕궁이라……. 호위 대상이… 중요하겠네요, 그럼?"

"맞습니다. 일왕녀 마리아 프란이라고 하더군요."

"아, 마리아 공주님."

휘린의 표정이 딱딱하게 굳었다.

왕궁까지의 호위.

그건 곧 위험이 도사리고 있다는 뜻이다. 그러니 자신의 눈으로 직접 본 초인이라 생각되는 석영에게 이런 부탁을 했을 것이다. 그리고 처음에 석영이 한 경고. 그건 아마 석영도 오렌 관리관에게 들었을 거라 생각됐다.

하지만 이미 들어버렸다.

들은 이상 이제 발을 빼는 건 힘들 거라는 걸 휘린은 알아차렸다.

"아는 사입니까?"

"몇 번 뵌 적은 있어요. 가문이 건재하던 시절에요."

"서로 면식은?"

"있어요. 대화도 제법 나눴거든요."

"그러면 차라리 다행이군요."

"출발은 언제인가요?"

"석 달 안에 왕궁까지 모셔야 한다고 들었으니 시간은 아직 넉넉합니다."

"석 달……. 왕도까지 여기서 마차로 보름은 가야 하니 두 달 정도 남았다고 보면 되겠네요."

왕도까지 보름이라……. 짧은 거리는 아니었다. 그 안에 있을 기습 같은 걸 생각하면 오히려 매우 길고 험난한 여정이 될 거란 예상쯤은 기본으로 치고 올라왔다.

"왕가와의 연이라……. 이건 놓칠 수 없겠어요. 위험도는 높지만 보상이 너무 탐나요."

확실히 그럴 거다.

머리가 나쁘지 않으니 왜 굳이 이런 일이 필요한지까지는 설명 안 해도 될 것 같았다. 석영은 직접 들은 내전, 아마도 그걸 분명히 느끼고 있을 테니까 말이다. 한숨과 함께 머리카락을 쓸어 넘긴 휘린이 재차 말을 이었다.

"준비를 좀 해야겠어요. 일단 가진 몬스터 부속품 일부를 팔아서 용병단을 고용하고 왕도까지의 상행 일정을 짤게요."

"용병단을 고용할 겁니까?"

"아무래도 석영 님 혼자서는 부담이 될 것 같아서요. 최소한 마차를 철저하게 가드해 줄 인원은 필요해요."

"그럼 그건 맡기겠습니다."

"아니요."

도리도리.

고개를 저은 휘린은 의문 섞인 눈빛인 석영에게 얼른 답을 줬다.

"용병단은 석영 님이 직접 뽑아주세요. 인성과 실력을 고려해서요. 고용비는 일단 십만 선에 맞춰주시고요."

"십만이라……. 잘 몰라서 그러는데, 이 정도면 어느 정도까지 고용할 수 있습니까?"

석영의 질문에 휘린은 조용히 헨리를 올려다봤다.

"흠흠, 평판과 실력이 좋은 A급 용병단은 무리이고, B급 용병단 정도는 그 기간 동안 충분히 고용할 수 있을 겁니다."

십만 골드.

석영이 주문서를 생각해서 그렇지 사실 휘드리아젤 대륙에서 십만이면 현실에서 천만 수준이라 생각하면 된다. 1골드 아래, 1실버, 1브론즈 개념이 있어서였다. 백 골드면 4인 가정이 반년은 충분히 먹고살 만한 돈이다. 십만이면? 계산해 보면 후다닥 답이 나올 것이다.

용병단이 그렇게 많이 버는 이유는 당연히 목숨을 걸어야 하는 직업이기 때문이다. 몬스터 토벌, 혹은 상단이나 가문끼리의 싸움까지 전부 목숨을 걸어야 한다. 흔히 말하는 생명 수당인 셈이다. 그러니 너도 나도 용병을 지원하긴 하지만, 정작 돈을 버는 용병이 되려면 정말 험난한 길을 걸어야 한다. 개인적으로 뛰려면 못해도 B급 턱걸이는 해야 하고, 용병단 소속이라면 역시나 마찬가지로 같은 급엔 들어야 남들이 우러러볼 정도의 돈을 벌 수 있었다.

"험험, 마침 제가 딱 적당한 용병단을 알고 있습니다만……."

피식.

적절한 순간에 나온 말이어서 석영은 입술을 비집고 나오는 기분 좋은 웃음을 굳이 막지 않았다.

episode 23
용병단 발키리

피식.

'전생에 무슨 죄를 지었나?'

석영은 다음 날 바로 휘린, 헨리와 함께 그가 안다는 적당한 용병단을 찾았다. 그리고 용병단장을 기다리는 동안 속으로 실소가 저절로 흘러나왔다. 어떻게 된 게 끊임없이 여성과 엮였다.

용병단 발키리(Valkyrie).

헨리가 안다는 용병단의 이름이고, 발키리의 뜻처럼 용병단 전원이 여성으로 이루어져 있었다.

석영은 게임을 좋아했고, 게임상에서도 자주 등장하는 단어가 바로 발키리다.

'싸우는… 처녀들? 그랬지, 아마?'

맞았다. 북유럽신화에 나오는 단어가 바로 반신녀(半神女) 발
키리다. 주신 오딘을 섬기는 싸우는 처녀들을 부르는 단어이고,
원래 고대에는 발퀴랴(Valkyrja)라고 불렸지만 지금은 모두에게
발키리란 단어가 제일 친숙했다.

"후우."

"왜 그러십니까?"

단장을 기다리다 나온 한숨에 헨리가 물었으나 석영은 그
냥 고개를 저었다. 여자와 엮이기 싫다고 말하면 헨리의 성의
를 무시하는 게 되어버릴 수 있었다. 그래서 석영은 일단 만나
보자고 결정을 내렸다.

용병 총회에 갔다는 발키리의 단장이 돌아온 건 딱 한 시
간 정도 기다렸을 때다. 벌컥 문이 열리고 장신의 여성이 안으
로 들어섰다. 타이트한 올 블랙의 가죽 갑옷에 허리 뒤로 장
도가 교차해 걸려 있다.

"오, 헨리 경."

"오랜만입니다, 차샤."

차샤.

단장의 이름이다.

"어쩐 일이에요?"

"하하, 용병단을 찾을 일이 뭐가 있겠습니까?"

"일 얘기네요. 들어오세요."

차샤는 바로 응접실로 석영과 헨리, 그리고 지금까지 조용히 있는 휘린을 안내했다.

네 사람이 둘러앉자 역시 용병으로 보이는 여인이 차를 내려놓고 나갔다. 이곳은 진짜 차를 좋아했다. 세계가 유럽권을 닮아 그런가 생각할 때쯤 차샤의 입이 열렸다.

"용병단 발키리의 단장 차샤예요."

가벼운 자기소개.

헨리가 나서려는 찰나, 차샤가 다시 입을 열었다.

"이분은 라블레스가의 가주님이실 테고, 그럼 이쪽이 소문의 주인공이겠네요?"

"소문요?"

조용히 있던 휘린이 입을 뗐다. 그러자 그녀에게 어쩐지 의미심장한 미소를 지어 보이는 차샤이다.

"네, 어제 있던 기사 대결, 도살자 질란도를 삼 분 만에 쓰러뜨린 강자, 직업은 레인저 쪽에 가깝지만 저격에도 매우 능통한 스나이퍼, 라블레스가가 감추고 있던 마지막 단 하나의 패, 뭐, 이 정도예요."

거참, 복잡하기도 하다.

석영은 그 소리에 그냥 웃고 말았고, 휘린도 입을 가리고 웃었다.

"그런 라블레스가에서 무슨 용건으로 우리 발키리를 찾았는지 들어볼까요?"

"오늘부터 두 달 뒤 왕도 상행에 경호를 예약하려 해요."

대화는 휘린이 직접 하고 석영은 나중에 판단을 할 생각이다. 그냥 덜컥 뽑을 생각은 없었다. 실력을 보여줘야 고용이 가능하다. 일단 아무리 B급의 용병단이라고 해도 실력을 보지 못한 이상은 그냥 말뿐인 거다.

"두 달 뒤 왕도. 잠시만요. 일정 확인 좀 해볼게요. 노엘!"

"네."

차를 가져왔던 여인이 짧은 대답과 함께 들어왔다. 차샤가 장신에 남성처럼 훤칠한 마스크를 가졌다면 레이피어 형태의 검과 제복 형태의 복장을 한 노엘은 전형적인 군인처럼 보였다.

"부단장 노엘이에요. 발키리의 모든 행정 실무를 담당하고 있지요, 후후."

"단장, 바빠요, 나."

"아, 알았어. 두 달 뒤 예약 잡혀 있는 거 있어?"

"두 달 뒤… 없습니다."

"확실하지?"

대답 대신 찌릿 노려본 다음 등을 휙 돌려 나가 버린다.

그런 노엘의 행동에 차샤가 한숨을 폭 내쉬었다.

"어릴 때부터 친구였는데, 원래는 기사가 되고 싶던 친구예요. 좀 딱딱해도 이해해 주세요. 그리고 머리 하나만큼은 기가 막히니까 두 달 뒤 발키리의 스케줄은 없습니다."

"그래요. 발키리 총원이 몇 명이나 되나요?"

"음, 마흔둘이에요. 저와 노엘까지 전부 동원하면요."

"마흔둘이라……"

적지 않은 수이긴 하다.

마리아 왕녀가 탈 마차만 지킨다고 가정하면 충분한 숫자이기도 했다. 석영이 그 생각을 할 때쯤 휘린이 시선을 돌려왔다. '마치 어쩌죠?' 하고 묻는 눈빛이다. 그래서 석영은 조용히 고개를 끄덕여 줬다. 차샤의 시선도 휘린을 따라 석영을 보고 있었다. 그녀는 바로 알아차렸다. 결정권이 석영에게 있음을.

"어떤가요?"

그녀의 질문.

"네?"

석영의 반문.

의도가 분명치 않은 질문에는 그냥 되물어주는 게 낫다. 그걸 파헤치려 골을 굴리느니 말이다.

"고용할 만한가요? 도살자를 해체한 사람이 보기에는 말이죠."

"글쎄요. 겪어보질 않아서……"

"후후, 나갈까요?"

차샤가 벌떡 자리에서 일어났다.

피식.

석영은 그 제안을 거절하지 않았다.

　　　　*　　　　　*　　　　　*

　용병단의 건물답게 뒤에 연무장이 따로 있었다. 라블레스가보다 넓은 연무장이 순식간에 사람으로 가득 찼다. 특이한게 있다면 전부 여인이라는 점이다. 다들 용병이라 그런지 여성스러운 모습이라곤 쥐뿔만큼도 없었다. 게다가 B급 용병단이라 개개인이 라울보다는 강해 보였다. 사나운 기색과 정제되지 않은 기세를 뿜고 있다.

　라울과 휘린은 그런 용병들의 모습에 기가 질린 얼굴이고, 헨리는 별달리 신경 쓰는 기색이 아니었다. 석영이야 뭐 더 흉흉한몬스터와도 붙어봤다. 이 정도 기세에 질릴 사람이 아니었다.

　'그리고 한지원에 비하면…….'

　어린애 수준이다.

　슉! 슈슉!

　그때 허공을 가르는 소리.

　차샤가 질란도의 도보다 20㎝가량 짧은 도를 휘두르자 나는 소리였다. 차샤는 특이하게도 이도류였다.

　이도류는 사실 기피하는 전투 스타일이다. 방어에 굉장히취약할뿐더러 손목이 나가기 딱 좋기 때문이다.

　석영도 몸을 풀었다.

　이어서 화살통의 철시를 다 꺼내고 연습용으로 나오는 촉이 뭉뚝한 나무 화살을 통에 챙겨 넣었다.

수준만 파악하는 건데 철시를 썼다간 긁히는 정도로는 절대로 안 끝날 것이다.

"차샤는 질란도를 능가하는 강자입니다. 용병단이 B급인 건 소속 용병들의 수준 때문이지 그녀 때문이 절대로 아닙니다."

조용히 다가와 말을 전해주는 헨리.

석영은 말없이 고개를 끄덕였지만 흥미는 돋고 있었다. 질란도보다도 강자라는 소리 때문이다. 지금 보면 그렇게 위압적인 느낌은 없었다. 하지만 석영은 헨리의 말을 무시하지 않았다. 그가 거짓말을 할 리도 없을뿐더러 위압적인 느낌을 못 느낀 경험도 있기 때문이다.

'기세를 조절할 줄 안다는 거지.'

마치 한지원처럼 말이다.

"아, 맞다. 도살자도 쉽게 해체했으니 일대일은 무리일 것 같고… 두 명만 추가해서 싸워보고 싶은데요?"

"마음대로 하십시오."

솔직히 그게 더 좋다. 먼저 말하면 자존심 상해할까 봐 안 했는데 먼저 말해주니 오히려 감사할 따름이다. 씩 웃는 차샤를 보고 석영은 괜한 자존심은 안 부리는 여인이라 다행이라 생각했다.

이런 성격일수록 믿을 만하고 성장 가능성이 높을 게 분명하기 때문이다.

"노엘, 송, 나와."

차샤의 말에 노엘이 나와 몸을 풀기 시작했고, 송이라 불린 여인이 뒤이어 나왔는데 딱 봐도 원거리 지원 저격수였다. 이곳에서는 처음 보는 흑발. 그런데 되게 익숙한 상이다.

한국인이나 중국인처럼 보일 정도로.

"송은 초원에서 왔어요."

초원?

의미를 잘 몰라서 그냥 고개만 끄덕인 석영이다. 하지만 이 휘드리아젤 대륙에 대해서 알았다면 그 말뜻을 분명하게 알아들었을 것이다. 황량한 초원 제국 발바롯사. 마상 기술, 체력, 시력과 궁술만큼은 대륙 제일이란 의미의 초원이란 단어를 말이다.

"시작할까요?"

슬슬 지루해지던 참인지라 석영은 냉큼 고개를 끄덕였다.

"가속."

시위를 당긴 다음 짧게 스킬을 외치는 순간이다.

파바바박!

질란도의 처음 공격처럼 차샤가 쭉 짓쳐들어왔다. 굉장히 빨랐다. 게다가 얼굴에 보이는 미소. 그 미소는 희열의 미소였다. 난폭함이 깃든 희열. 전투가 주는 흥분에 고스란히 정신과 육체를 맡긴 자의 미소.

'질란도보다 한 수 위군.'

압박감이 느껴졌다.

슈악!

샥!

아주 빠르게 도를 연달아 내리 긋는 차샤. 하지만 그녀의 손끝에 걸리는 감각은 없었을 것이다. 석영은 이미 두 걸음 뒤로 빠져나갔으니까.

슉!

노엘의 레이피어가 석영의 옆구리를 노리고 들어왔다. 제대로 진각을 밟으며 쭉 들어오는 검 끝은 충분히 매서웠다.

깡!

석영은 활을 내려 툭 밀어냈다.

궤도가 비틀리며 검 끝이 석영을 지나가는 순간, 시위 튕기는 소리가 들렸다. 하지만 이미 느끼고 있었다. 어느새 좌로이 보 이동한 석영이고, 정확히 석영이 있던 자리에 퍽, 하고 소리를 내며 부딪쳐 튕겨 나가는 깃대가 보였다. 아주 잠깐이지만 확실하게 느껴졌다.

'연수 합격이 절묘하다.'

이 정도면 충분히 합격점이다. 물론 용병단 중에서도 최상위 무력을 지닌 여인들이겠지만, 그 밑이라고 떨어지진 않을 거라는 예상은 충분히 할 수 있었다.

퉁!

그 순간 석영이 시위를 놨다.

퍽!

"흡……."

빛살처럼 날아간 나무 화살이 노엘의 옆구리를 때렸다. 갑옷을 챙겨 입었다고 해도 타천 활이다. 끝이 뭉뚝하지 않았다면 나무 화살이었어도 갑주를 뚫고 들어갔을 것이다. 노엘은 단방에 옆구리를 부여잡고 주저앉았다.

신음 소리를 보아 호흡도 제대로 걸렸다. 헛바람을 토해내지 않은 건 칭찬해 줄 만했다.

파바박!

석영이 시위를 다시 거는 순간 차샤가 노엘의 앞을 막아섰다.

공격보다 방어. 동료를 지키는 결정을 순식간에 내리고 실행한다. 설명이야 쉽지만 실제로는 쉽지 않은 일이다.

전투가 주는 흥분. 눈이 돌아간 건 아니지만 충분히 흥분에 몸을 실은 차샤다. 그런데도 즉각 방어 태세로 돌아서며 동료를 지켰다. 다가오면 죽여 버릴 거라는 눈빛을 하고선 말이다.

"후우, 후우, 후우……."

노엘도 대단했다.

그 순간 심호흡을 해서 호흡을 돌리고 바로 일어났다. 그러자 차샤의 눈빛이 다시금 돌변했다.

파바박!

투웅!

슈아아악!

석영의 화살과 같은 화살이다. 제대로 노리기 쉽지 않을 텐데도 정확히 차샤가 노리는 반대편 어깨로 날아왔다.

슈각! 슈각!

바람이 쭉 갈라질 정도로 차샤의 공격은 매서웠다. 하지만 말 그대로 바람만 갈랐다. 차샤의 공격까지 버드나무처럼 피한 석영은 곧바로 하늘에 대고 시위를 놨다.

투웅!

솟구치는 화살.

차샤의 시선이 올라가는 순간, 노엘이 '송!' 하고 소리쳤다. 그러자 이미 낌새를 눈치챈 송이 바로 몸을 날렸다. 곡사이겠구나 했을 것이다.

하지만 곡사가 아니었다. 이건 석영의 의지를 담은 추적하는 화살이었다.

픽!

"악!"

자리를 피해 다른 곳으로 이동 중이던 송의 등짝에 그대로 화살이 박혔다. 바닥에 철퍼덕 엎어진 송은 어깨를 들썩일 뿐 일어나지 못했다. 말했듯이 타천 활은 기본 대미지도 엄청나다. 철시만 됐어도 그녀는 분명 죽었다.

말도 안 되는 기예가 나왔지만 차샤는 어느새 석영의 근처까지 다시 다가와 있었다. 저격수를 잡으려면 근접 공격 전사나 기사들은 반드시 거리를 좁혀야 했다.

그러나 이미 타천 활에는 두 개의 화살이 먹여져 있었다. 하늘로 한 발 쏘고 그때 잠깐 둘이 시선을 빼앗겼을 때 조용히 먹여놓았다.

투둥!

퍼벅!

"흡!"

차샤의 관자놀이에 한 방, 그리고 돌아오던 노엘의 복부에 한 방. 차샤는 비명도 지르지 못하고 기절했고, 노엘도 그대로 배를 부여잡고 바닥에 엎어졌다.

석영은 활을 내렸다. 이어서 연무장에 불신이 가득 차 불편한 침묵이 흐르기 시작했다.

곤란한 표정으로 석영에게 얻어맞은 관자놀이를 꾹꾹 누르던 차샤가 한숨과 함께 입을 열었다.

"후, 십삼만."

"십이만. 그 이상은 못 드려요. 저희 라블레스가 사정을 잘 아시잖아요?"

대놓고 약점을 드러낸 휘린의 말에 또다시 한숨을 내쉬는 차샤. 그녀는 다시 여유롭게 차를 마시고 있는 석영을 바라봤다. 석영은 그 시선을 알고 있으면서도 눈길을 주지 않았다. 계약은 전적으로 휘린의 몫이고, 석영은 수준만 파악할 뿐 이래라저래라 할 권한은 없기 때문이다.

"좋아, 십이만 칠천."

"소모적인 얘기는 그만할까요?"

"아, 독하네, 아가씨."

"상가의 딸이랍니다. 그 피가 어디 가겠어요?"

휘린이 살짝 웃는 순간, 갑자기 헨리가 석영의 귀에 대고 휘린에게는 들리지 않을 정도로 작게 얘기했다.

"왕녀님의 일, 설명 안 해도 되겠습니까?"

벼락이 등에 꽂히는 것 같았다.

'왜 그 생각을 못 했지? 위험 부담이 훨씬 올라가는데?'

천하의 오렌 관리관이 조용히 불러 석영에게 한 얘기이다. 들으면 돌이킬 수 없다고 겁까지 팍팍 줘가면서. 그건 그만큼 위험하다는 뜻이다. 그런데 용병단과 계약을 하면서 그 얘기만 쏙 뺐다고?

난리 날 일이다.

게다가 기습에서 아무리 피해가 없다고 하더라도 반드시 설명을 해야 하는 상황이 올 것이고, 그럴 경우엔 아마…….

"잘못하면 위약금을 몇 배로 물어야 합니다."

재차 작게 들려온 헨리의 말에 석영은 저도 모르게 고개를 끄덕여 버리고 말았다. 그러자 석영에게 휘린과 차샤, 노엘의 의문과 의심 섞인 눈초리가 후다닥 달려들었다.

"잠시만. 계약금에 대한 얘기는 나중에 했으면 좋겠습니다."

석영은 바로 대화를 멈추게 했다.

"왜죠?"

휘린 말고 차샤에게서 나온 의문.

"다시 한번 확인해야 할 게 있습니다. 중요한 사항인데, 급한 나머지 빼먹었습니다."

"그래요? 확인하는 데 오래 걸리나요?"

"지금 바로 확인은 안 됩니다."

딱 자르는 석영의 말에 휘린은 그런 게 있었나 하는 표정이됐고, 노엘의 얼굴에 떠오른 의심은 더욱더 진해졌다. 차샤는진지한 표정이다.

"알겠어요. 그럼 다시 약속을 잡아보도록 하죠. 아, 미리 연락 주세요. 제가 본부에 계속 상주하는 건 아니니까."

"네, 죄송합니다. 최대한 빠른 시일 안에 확인하고 다시 자리를 만들겠습니다."

"그래요."

"그럼……."

자리에서 일어나 살짝 인사를 하고 돌아서자 휘린도 바로인사를 하고 석영에게 붙었다. 궁금한 게 많을 것이다. 하지만건물을 나서기 전까지 석영은 입을 열지 않았다. 휘린도 뭔가중요한 일이라는 걸 직감했는지 무슨 일인지 알려달라고 보채지 않았다.

발키리의 본부를 나와 조용히 걸음을 옮겼다. 조금 걷자 주변을 확인한 휘린이 결국 물어왔다.

"무슨 일이에요? 확인할 건 뭐고요?"

"왕녀님 문제입니다."

"왕녀님요? 그게… 아!"

바로 이해하고 수긍하는 휘린이다. 매개가 있으니 떠올리는 건 정말 금방이었다.

"정말 난감해질 뻔했네요."

"네, 이번 상행은 위험한 일입니다. 제가 아니었다면 그 어떤 용병단에도 맡기지 못할 만큼. 치안대의 관리관도 그걸 알고 조용히 저를 불러 이 일을 맡긴 겁니다. 게다가 치안대의 병력은 조금도 사용하지 않으려는 모습도 보이니……."

"극비라는 말이겠죠?"

"아마 그럴 겁니다. 용병단 계약은 일단 좀 생각해 봐야 할 것 같습니다. 그리고 오렌 관리관도 한 번 더 만나봐야 할 것 같고요."

"네, 그쪽은 맡겨두고 저는 물량 확보에 신경 쓸게요."

"그렇게 하는 게 좋겠습니다."

정리를 하고 나니 마음이 다시 가벼워졌다. 잘못하면 큰 실수를 할 뻔했기 때문에 그런지 긴장이 쭉 풀리고 뒤이어 나른해지는 느낌까지 들었다.

그런데 그런 석영과 휘린을 주시하는 눈이 있었다.

물론 아무리 긴장이 풀렸어도 석영은 그 기척을 놓치지 않았다. 다만 악의가 없는지라 나서지 않았을 뿐이다.

                    *   *   *

　라블레스가에 도착했을 때, 석영을 주시하던 자가 밖으로 튀어나왔다. 그는 뜻밖의 인물이었다. 헨리의 앞에서 '헉헉!' 숨을 내쉬고 있는 자, 레온이었다.

　그런데 몰골이 엉망이다. 여기저기 퍼렇게 멍이 든 건 예사이고 찢겨져 피가 흐르는 곳도 한두 군데가 아니었다.

　"어?"

　놀란 휘린의 탄성과 함께 레온이 무너지듯 주저앉았다.

　"도, 도와……."

　털썩.

　"가속."

　석영은 바로 그의 등 뒤를 막아섰다. 이제야 날카로운 기운이 느껴졌다. 게다가 좋지 않은 기세이다. 적의. 원의 요원들이 흉포해졌을 때와 같은 기세였다. 누군가를 상하게 할 의도가 적나라하게 배어 있는 그런 기세.

　그런 기세가 사방에서 느껴졌다. 하지만 튀어나오지는 않았다. 라블레스가. 현재 리안에서 가장 핫한 가문이고, 그게 전부 석영이 등장하면서부터 시작됐다는 걸 알고들 있었다.

　"헨리."

　"네, 가주님."

　휘린의 말에 바로 헨리가 레온을 안아 안으로 들어갔다. 라울이 전면에 섰고, 휘린이 그다음, 석영이 어느새 뽑아 든 활을 겨누며 뒤로 천천히 물러났다. 레온을 쫓아온 자들은 여전히 모습을 드러내지 않았다. 하지만 안심할 수는 없었다.

끼이익, 꿍!

철문을 닫고 정원을 이동할 때도 뒷걸음으로 갔고, 안으로 들어가고 나서야 활을 내렸다. 헨리는 레온을 거실에 눕히고 라울이 가져온 구급상자로 벌써 상처 치료에 들어갔다. 석영은 인벤토리에서 포션을 꺼내 휘린에게 건넸다.

"이거 포션인가요?"

"네."

"귀한 걸……."

귀하다고?

석영은 고개를 갸웃했다.

흔히 빨갱이라 부르는 물약은 기본 포션이다. 골드만 있으면 상점에서 무한정 살 수 있는 별로 귀하진 않은 약이다. 주홍이나 말갱이는 아직 업데이트가 되질 않았는지 안 팔지만 빨갱이는 넉넉히 있었다.

창고에 몇백 개나 넣어놨을 정도이다.

"일단 치료부터 할게요."

휘린은 바로 뚜껑을 열어 레온의 입가에 흘려 넣고 그의 옷을 벗겨 찢어지고 멍든 부분에 조심스럽게 부었다.

"지독하네요."

눈살을 잔뜩 찌푸린 휘린의 말에 석영은 침묵으로 동의했다.

레온의 몸은 정말 엉망이었다. 말이야 찢기고 멍든 부분이라고 했는데, 그게 거의 전신에 걸쳐 광범위하게 퍼져 있었다. 이건 누가 봐도 집단 구타의 표본이고, 몇몇 부위는 집요한 고문이 가해진 게 분명했다.

"누가 이랬을까요?"

"그놈 말고 이 사람에게 원한을 가진 다른 놈이 있을 거란 생각은 들지 않습니다."

"막시만……."

"네."

똑 부러지는 석영의 대답에 휘린은 입술을 꾹 깨물었다.

화가 났다. 분에 넘치는 보물을 라블레스가가 가졌다고 생각하는 건가? 석영이 없었다면 그 보물도 없었을 것이다. 하지만 그는 지금도 곁에 있고, 앞으로 반년이지만 자신을 지켜줄 것이다.

"그에 대한 평판을 잘 알아보지도 않은 내 잘못이 이런 상황을 불러일으켰네요."

석영은 그 말에 대답하지 않았다.

글쎄, 모를 일이다.

정말 그게 잘못인지. 하지만 휘린은 지금 그렇게 느끼고 있었다. 사실 석영도 레온이 왜 그런 선택을 했는지는 이해가 가질 않았다. 너무나 뜬금없는 그의 행동은 분명 라블레스가에 큰 도움을 줬다.

하지만 정작 그에게는 역으로 작용했다.

지금 봐라.

포션이 아니었다면 요단강을 건넜을 것이다.

'대체 왜 그런 행동은 한 걸까?'

사실 이 의문은 여태껏 머릿속 한구석에 조용히 자리 잡고 있었다. 석영은 그 외에도 의문이 많았다.

'레온 이 남자는 분명 치안대에 보호 요청을 했다. 그렇다면 안전해야 하지 않나? 그런데 왜 이렇게 다쳐서 온 거지? 그것도 하필 내가 있는 이곳 라블레스가로?'

막강한 무력을 보유한 치안대는 잘 안 보여서 그렇지 실제로 납셨다 하면 웬만한 이들은 바로 꼬리를 말게 만드는 무서운 집단이다. 그런 치안대에 레온은 분명 중인 보호 요청을 했고, 치안대는 그 자리에서 받아들였다.

그리고 일이 끝나고 눈이 마주쳤지만 대화도 나누지 못하고 헤어졌다. 그런데 지금 이런 모습으로 나타났다.

'대체 무슨 일이 있었던 거지?'

의문은 의문을 몰고 왔다.

그리고 그 의문을 풀어줄 레온은 지금 포션 덕분인지 안정적인 호흡으로 기절해 있었다.

"외상은 더 안 봐도 되겠어요. 역시 포션의 힘은 대단하군요."

"포션이 그렇게 대단한 겁니까?"

"병당 몇십 골드나 하니까요. 음, 요즘 시세는 아마 팔십에서 구십 골드 선일 거예요."

그 정도면 비싼 축이다.

아니, 완전히 비싸다.

석영은 창고에 넣어놓은 포션이 몇 개나 있는지 생각해 봤다. 정확히는 모르지만 못해도 사백 개 이상은 넣어놓지 않았나 싶다. 하지만 석영은 일단 이건 봉인하기로 했다. 앞날이 어떻게 될지 모르니 이걸 내놓는 건 확실히 멍청한 짓이었다. 지금은 일단 몬스터 부속품을 파는 것과 마리아 공주를 왕도로 호위하는 일에 집중해야 했다.

"후우, 일단 자리를 좀 옮길까요? 라울, 이분은 손님방에 모셔주세요."

"네!"

라울이 힘차게 대답하고 레온을 안고 이 층으로 올라갔다. 석영과 헨리, 휘린은 거실 소파로 자리를 옮겼다. 헨리가 조용히 차를 준비했고, 김이 모락모락 나는 차를 마시며 석영은 일단 생각을 정리했다.

머릿속이 꽤나 복잡했다.

'상행, 마리아 왕녀, 발키리 용병단, 왕도 호위, 그리고……'

막시만.

석영은 찻물에 촉촉이 젖은 혀로 입술을 축였다.

막시만이 지금 현재 가장 문제였다. 요 근래 느껴지는 불쾌한 감각. 막시만이 보낸 사람일 가능성이 컸다. 치안대에 요청을 안 했기 때문에 보호를 받진 못한다. 막시만 상회와 트러블이 있었기 때문에 신청하면 들어는 줄 테지만 24시간 완벽하게 휘린을 보호해 줄 거란 확신은 안 섰다.

"사람을 더 구해야겠습니다."

"사람요? 일꾼을 말하는 건가요?"

"아니요. 용병이나 기사처럼 무력을 갖춘 사람이 필요합니다."

"음, 막시만 상회 때문인가 보네요. 그렇다면 아예 가문의 사병을 키우자는 얘기죠?"

"네."

안정적인 보호가 필요한 상황이다.

휘린과 24시간 같이 있을 수는 없기 때문이다. 그녀는 여인, 자신은 사내. 성별이 다르니 민감한 몇 가지 상황에서 석영이 바로 반응할 수가 없었다.

"발키리 용병단에… 아, 아직 그 얘기도 정리가 안 됐네요."

"네."

여인들로 구성된 발키리 용병단을 고용하면 좋겠지만 문제는 그렇게 하면 대화의 폭이 매우 좁아진다는 단점이 있었다. 마리아 왕녀의 일은 물론 그 외에 것들도 제대로 된 대화를 나누기 힘들었다. 그렇다고 그런 얘기를 할 때마다 호위로 고용한 그녀들을 물러가라 할 수도 없는 노릇이고.

이래저래 골치가 아픈 상황이다. 그래서 별 소득 없는 대화만 오가다가 자리를 파하고 석영은 잠자리에 들었다.

다음 날, 석영은 바로 오렌 관리관을 찾았다. 사실 만나기 힘들 거라 생각했다. 하지만 그와의 접견은 신청 즉시 받아들여졌다. 비서의 안내를 받아 그의 집무실로 들어가자 차를 마시는 오렌 관리관의 모습이 보인다. 그는 전에 봤을 때와 똑같은 모습이어서 살짝 질리는 감마저 들었다.

"빨리 찾아왔군."

"확인해야 할 사항이 있어서 찾았습니다."

"해보게."

"마차만 집중적으로 호위하는 병력을 구성하기 위해 용병을 고용할 생각입니다."

"……."

더 말해보라는 뜻.

"그런데 그 과정의 위험성과 호위 대상에 대한 정보가 문제입니다."

"밝혀도 되나 안 되나 하는 문제이겠군. 접촉한 용병단은?"

"발키리 용병단입니다."

"음, 발키리……. 싸우는 처녀들에게 부탁한 건가?"

석영은 발키리의 의미마저 알고 있는 오렌의 말에 이제는 별로 놀랍지도 않았다. 지구가 먼저인지 이곳이 먼저인지 구분하는 짓도 아주 쓸데없다고 여기고 있었다. 학자들이야 꼬리에 불붙은 망아지처럼 발광하겠지만, 석영은 이제는 신기하다는 정도였다.

"그녀들이라면 믿을 수 있지."

"네?"

"믿을 만해. 용병단의 등급을 만약 신뢰성으로 매겼다면 발키리는 분명 S급을 받았을 거야. 무력이 부족해 B급일 뿐이지."

이 냉정한 사내가 신뢰하는 발키리 용병단. 석영은 설마 그 정도일 줄은 몰랐다.

"다만 무력이 아쉬웠어. 만약 무력이 A급만 됐다면 나는 그곳 단장과 자네를 한자리에 앉혀놓고 얘기했을 거야."

"음……."

그만큼 발키리를 믿는다는 소리다.

석영은 오렌의 좀 전 말에서 대답을 들은 기분이 들었다. 실제로 오렌도 답으로 해준 말이기도 했다.

"그럼 진행하겠습니다."

"부탁하네. 아, 막시만 상회는 이제 그만 신경 써도 될 걸세. 치안대의 조사가 시작됐으니."

"네?"

"납치 감금이라……. 겁대가리를 상실했더군. 뭘 믿고 그랬는지 지금부터 탈탈 털어볼 생각이니 라블레스가에 신경 쓸 겨를이 없을 걸세."

치안대에서 작정하고 막시만 상회를 조사하겠다는 소리다.

치안대는 검찰, 경찰은 물론 국세청의 기능까지 갖췄다. 그런 권력을 손에 쥔 치안대가 이런 오렌 같은 관리관에 의해서 돌아가는 건 정말 다행이었다. 만약 권력의 집중으로 썩은 관리가 앉았다면 생각만 해도 끔찍한 일이 벌어졌을 거다.

어쨌든 오렌 관리관의 말은 막시만 상회의 몰락을 의미했다. 안 그래도 그냥 놔두기에는 좀 골치 아픈 상황이었는데 석영에게는 반길 만한 일이었다.

"그리고 이건 오늘 들어온 정보네."

"……."

"반드레이 공작가가 움직였네."

"음……."

반드레이 공작가? 그가 누구인지는 모르지만 공작이라는 단어가 주는 압박감이 있었다. 석영은 대답 대신 일부러 침음을 살짝 흘렸다. 이런 건 휘린과 상의할 일이었다.

"나가보게."

"저도 마지막으로 물어보고 싶은 게 있습니다."

"말해보게."

"저를 믿습니까?"

석영의 말에 오렌 관리관의 시선이 석영을 향했다. 좀 전과는 다른, 가늘게 좁혀진 눈. 탐색의 눈빛이다.

"내가 이 자리까지 그저 운이 좋아 올라온 게 아니야."

"……."

"타이밍, 운, 그리고 안목. 확실하게 정도만 고집하면서 여기까지 올라오려면 반드시 갖춰야 할 덕목이지."

"알겠습니다."

빙 돌려 얘기했지만 결국은 자신의 안목을 믿는다는 소리였다. 그 믿음이 깨질지 안 깨질지는 석영이 퀘스트를 진행하면 할수록 결과가 나올 것이다. 석영은 가볍게 예를 갖춘 후 밖으로 나왔다.

석영은 바로 발키리 용병단을 찾았다. 운 좋게 차샤와 노엘 둘 다 있었고, 둘과 같이 라블레스가로 향했다.

라블레스가에 들어서 석영이 가장 먼저 본 건 힘겹게 식사 중인 레온의 모습이었다. 용병단의 문제를 먼저 해결하려 했더니 그게 불가능해졌다. 어차피 막시만 상회는 이제 끝장이지만, 그래도 궁금한 건 있었다. 왜 그때 라블레스가를 도운 건지.

석영을 보자마자 식사를 끝낸 레온이 석영에게 다가와 고개를 숙였다.

"감사합니다."

힘겹게 나온 감사의 인사.

석영은 그 인사를 받자니 뭔가 이상했다. 자신은 도와준 게 없기 때문이다. 그런 석영의 표정을 봤는지 레온이 천천히 그 이유를 설명했다.

"저는 막시만의 비서로 오랫동안 그를 옆에서 지켜봤고, 그의 일을 처리해 왔습니다."

그렇다면 막시만의 불법을 도왔다는 소리다.

잠깐 여기서 의문이 또 찾아왔지만 석영은 일단 잠자코 있었다.

"그만두고 싶었습니다. 아카데미를 졸업하고 동생의 치료비 때문에 가장 많은 돈을 제시한 그의 상회에 들어갔지만 이제는 그럴 필요가 없어졌습니다."

"아……."

안타까운 탄성은 어느새 나온 휘린에게서 나왔다. 그럴 필요가 없다는 뜻은 다 나았다는 뜻일까? 아니었다. 그가 얘기는 안 했지만 처연하게 내리깔린 그의 표정에 답이 있었다.

"멈춰야 할 시기와 모든 걸 터뜨릴 타이밍을 기다리고 있었습니다."

"그때 내가 나타났다?"

"네. 저는 그날도 이를 악물고 붉은 늑대들을 고용했습니다. 제가 내건 의뢰 내용은 라블레스가에 있는 모든 가솔의 구금이었습니다."

글쎄다. 그때 하도 흉흉해서 그건 별로 믿음이 가질 않았다. 하지만 레온의 표정에는 거짓이 없어 보였다.

'그녀라면 바로 거짓인지 아닌지 알아봤겠지. 거짓이 판치는 살벌한 판에서 굴렀을 테니까.'

왜 하필 이 순간에 한지원이 생각나는지…….

"기습이 실패했다는 소리를 들었습니다. 자세한 내막도 파악했습니다. 죄송합니다. 당시 이곳에 있던 헨리 경과 라울 기사님으로는 그 병력을 막지 못했을 겁니다."

사정없이 아픈 곳도 찌른다.

어이가 없는지 라울이 헛웃음을 흘렸고, 헨리는 그답게 별다른 표정 변화가 없었다. 다만 휘린은 화가 나 보였다.

"자리를 옮기죠."

휘린의 말에 대화는 거실로 옮겨 다시 시작됐다.

석영을 포함해 휘린, 헨리와 라울, 그리고 레온, 발키리에서 나온 차샤와 노엘까지, 석영이 이곳에 온 이후 가장 북적이는 라블레스가였다. 하지만 중요한 건 당연히 이 부분이 아니고 레온의 얘기였다.

"시기가 왔다고 생각했습니다. 과오를 씻을 생각이 아니라 제 잘못을 멈출 시기, 그리고 막시만 상회에 직격타를 먹을 시기. 모든 증거를 모았습니다. 증언이야 제가 직접 서면 되니 문제가 없었습니다."

"시간이 별로 없었어요. 그걸 그 안에 다 직접 생각한 건가요?"

"네. 필사적이었으니까요."

필사적이었다.

피식.

석영의 입에서 비릿한 조소가 터졌다.

"그렇게 필사적이었다면 치안대에 직접 고발하는 게 나았을 텐데?"

눈빛도 곱지 않았다.

그러나 이번에 나온 대답은 석영도 예상치 못한 것이었다.

"제 동생이 기습이 있던 날 하늘로 떠났습니다."

"……."

"……."

여러 개의 침묵이 줄줄이 라블레스가의 거실에 맴돌았다. 착 가라앉은 표정의 레온은 그 침묵 위에 말을 더 얹었다.

"제가 막시만 상회에서 받는 모든 돈이 그 아이 치료비로 들어갔습니다. 나름 많이 챙겨줬습니다. 제 나이, 제 경력으로는 절대 벌 수 없을 정도였습니다. 게다가 그가 운영하는 치료원에서 직접 챙겨줘서 입원비도 안 냈습니다."

"그건……."

"네, 인질이죠."

그런가?

그래서 아무것도 못 하다가 동생이 죽은 그날 모든 걸 걸고 그를 짓밟을 한 방을 준비했던 건가.

"저 말이 사실이라면… 진짜 대단한데?"

여태껏 조용히 있던 차샤의 말에 모두가 수긍했다.

동생이 죽었다. 비열한 짓을 해가며 번 돈으로 악착같이 치료하던 동생이 죽었다. 그런데 그 슬픔을 이겨내고 오히려 역으로 막시만을 나락으로 떨어뜨릴 한 방을 준비했다. 그리고 그 한 방은 실제로 막시만을 나락으로 떨어뜨렸다.

그것도 아주 깊숙한 곳으로.

절대로 자력으로는 못 나올 곳으로 밀어 떨어뜨려 버렸다.

그리고 이 모든 게 불과 일주일도 안 되어 벌어진 일이다. 그 안에 생각하고, 계산하고, 도박을 걸었다.

독한 사람이다.

석영은 이제야 레온을 눈빛 깊숙한 곳에 자리 잡은 차가운 지략을 봤다. 오렌 관리관과 비슷하면서도 어딘가 다른 눈빛이다. 오렌은 사무적인 느낌이 강했다. 관리의 전형적인 기세가 있었다. 하지만 레온은 그것보다 훨씬 사나웠다. 차가운데 사나움까지 가지고 있었다.

'돈, 그 돈이라는 마물 때문에 지금까지 억누르고 있던 것들이 서서히 깨어나는 건가?'

그럴 수도 있다고 생각했다.

군자복수 십년불만(君子復讐 十年不晚).

군자의 복수는 십 년이 지나도 늦지 않다는 대류 쪽의 속담이고, 석영이 지금은 기억나지 않는 어느 소설에서 읽은 구절이다. 정말 그러한 속담처럼 레온이 움직였다면 이 사내는 무서운 남자였다.

하지만 확인이 필요했다.

"당신께 도박을 걸었습니다. 혼자서 붉은 늑대를 정리한 실력자."

"여러 사람이 있을 거라는 생각은 안 해봤나?"

"그랬다면 상처가 제각각이었어야 합니다. 하지만 모두 일정한 크기, 일정한 방법에 의해 당했습니다. 저격수가 그렇게 많았다면 라블레스가가 지금 이렇진 않겠죠."

"겨우 그걸로 내게 도박을 걸기에는 힘들었을 텐데?"

"그래서 도박입니다. 더는 지체할 수 없었습니다. 막시만은 더욱더 강한 녀석들을 고용할 생각이었으니까요. 그렇게 되기 전에 도박을 시작해야 했습니다. 당신이 반드시 이길 만한 승자이길 바라며 기사 대결 제안을 했고, 결과는 보시다시피…이렇게 나왔습니다."

"천운이군."

"네, 솔직히 말하자면 라블레스가에 신의 가호가 깃든 게 아닌가 싶을 정도로 너무 결과가 좋았습니다."

석영과 레온의 의견이 일치했다.

레온의 방식은 과감했지만 무식했다. 그런데 그건 석영이 보기에 시간이 없어서였다. 시간이 있었다면 좀 더 촘촘하고 확실히 해서 도박이 필요 없는 한 방이 나왔을 수도 있었을 것 같았다.

석영은 이제 마지막 의문을 풀기로 했다.

"그런데 왜 잡혔지?"

"설마 치안대에서도 당일에 움직여 저를 잡아갈 거라고는 생각을 못 했나 봅니다. 막시만이 그 정도로 미친놈인지 몰랐던 거지요. 그래서 치안대가 철수하고 한 시간 뒤에 바로 쳐들어왔습니다."

"미치긴 했군."

그래서 막시만은 파멸의 길로 양발을 제대로 디뎌버렸지만 말이다. 이래저래 이 남자 레온은 운이 좋았다.

"막시만 상회는 걱정 안 해도 될 거야."

"네?"

"오렌 관리관이 그러더군. 본격적으로 털 거라고."

"아, 끝났군요."

"끝났지."

"이제 어떻게 할 건가?"

"오늘은 좀 쉬고 내일 치안대로 출두할 겁니다. 막시만이 시켰다고 해도 실행한 건 저 레온이니 죗값은 치러야겠지요. 그래야 하늘에 간 그 아이에게 떳떳할 수 있을 테니 말입니다."

고개만 끄덕인 석영은 잠시 나눈 대화로 레온이라면 어쩐지 그럴 거라 생각했다.

그렇게 레온과의 대화가 끝났다. 꾸벅 고개를 숙인 그가 밖으로 나가자 석영은 휘린을 돌아봤다. 이제 더 중요한 얘기를 할 때였다.

"오렌 관리관께 허락을 받았습니다. 발키리 용병단은 믿어도 된다고 하더군요."

"그래요? 그럼 문제없겠네요?"

그녀의 입가에 특유의 힘없는 미소가 걸렸다. 이어 휘린의 시선은 차샤와 노엘에게 향했다.

갑자기 치안대 관리관이란 단어가 나오니 조금 놀라 눈을 동그랗게 뜬 차샤, 여전히 표정 변화가 없는 노엘.

"두 분께 계약서 작성 전에 꼭 해야 할 말이 있어요."

"뭐, 뭔데요?"

차샤는 이미 휘린의 표정에서 뭔가 불길함을 느꼈는지 표정이 요상하게 일그러져 있었다. 하지만 그렇다고 휘린의 입을 막진 못했다.

"발키리 용병단, 마리아 왕녀님의 왕도 호위 경비를 맡아주셔야겠어요."

"……"

"참고로 이 일은 치안대의 오렌 관리관님의 의뢰이며, 한번 들은 이상 물릴 수 없음을 밝혀 드려요."

"그, 그걸 먼저 말해야지요!"

이어.

"이, 이씨! 나 이거 안 해!"

쩌렁쩌렁한 차샤의 앙탈 가득한 외침이 라블레스가의 거실을 흔들었다.

"에휴, 에휴."

사냥 중 틈틈이 들려오는 한숨 소리에 석영은 조금 미안한 마음이 들었다. 발키리 용병단에 휘린과 석영은 참 미안한 일을 했다. 아니, 따로 상의해야 하는데 휘린이 독단적으로 일을 저질렀다.

들으면 물릴 수 없다는 것.

오렌 관리관의 말을 그대로 인용해 빼도 박도 못하게 만들었다.

찌릿!

차샤의 원망 어린 눈초리가 쉬고 있는 석영에게 꽂혔다. 석영은 그 시선을 그대로 느끼면서도 고개도 돌리지 않았다.

대신 주변을 둘러보았다.

차샤가 이끄는 발키리 용병단의 절반인 스물과 거칠고 까칠한 꽃밭에 둘러싸여 헬렐레, 하고 있는 라울이 보인다.

레온이 치안대로 자진 출두하고 일주일 뒤부터 석영과 발키리 용병단은 리안 근방의 숲과 산에서 훈련을 겸한 사냥을 시작했다.

왕도로의 보름.

왕녀의 안전을 지키기 위해 손발을 맞출 필요가 있다는 노엘의 의견을 받아들인 것이다. 그래서 그 준비를 하는 데 며칠이 더 소요됐고, 결과적으로 발키리 용병단을 고용한 일주일 뒤부터 사냥을 시작했다.

이제 삼 일이 지났는데 여전히 차샤는 석영과 휘린만 보면 눈을 째렸다.

"나빠요."

"그건… 후우, 미안합니다."

"사과해도 소용없어요. 당신은 그냥 나빠요."

언제나 이런 식이었다.

사과를 해도 나빠요, 미워요, 싫어요 등등 그런 말로 석영을 귀를 테러했다. 하지만 지은 죄가 있는지라 석영은 그냥 군말 없이 받아들였다. 송에게 들었다. 발키리 용병단이 B급에서 멈춘 이유를.

차샤는 절대 무리한 의뢰는 받아들이지 않는다고 했다. 일신의 실력이 매우 훌륭하면서도 안전한 쪽의 의뢰만 받았다. 그리고 절대 척을 질 만한 행동 또한 하지 않았다. 여성들로 이루어져 있어 참 다사다난했지만 '발키리 차샤' 하면 리안에서는 정말 알아주는 용병이었다. 그녀가 한번 화나면 웬만한 용병은 꼬리를 살그머니 말 정도로 말이다.

단지 그런 차샤를 때려눕힌 석영은 존재 자체가 치트키였을 뿐이다. 타천 활이라는 치트키를 쓴 존재 말이다.

어쨌든 그래서 차샤가 이러는 것이었다.

왕녀 호위.

기쁜 일 아니냐고?

석영이나 휘린에게는 든든한 일이지만, 차샤에게는 그저 위험한 일일 뿐이었다. 그걸 차샤가 어떻게 아냐고?

용병은 정보에 빠삭해야 한다. 그래야 목숨을 지킬 확률이 조금이라도 더 올라가기 때문이다.

차샤도 당연히 정보를 중요시 여겼다. 그건 스승에게 배웠고, 실제 정보의 부재로 인한 악재를 제대로 겪어서 더욱더 중요하게 생각했다.

한데 그런 차샤의 정보망에 마리아 왕녀가 리안에 있다는 사실이 들어 있지 않았다. 리안에서 일어나는 거의 모든 일을 알고 있는 차샤인데 말이다.

이게 뜻하는 건 하나.

몰래 숨어 있다는 것이다.

왕녀의 존재는 그 자체로 존귀하게 여긴다. 그러니 어디를
가도 대대적인 행렬과 함께 움직인다. 그런데 요 근래 리안에
서 그런 적이 없었다. 그래서 그녀는 느꼈다. 마리아 왕녀의
왕도 호위는 위험하겠다고.

"에휴."

그래서 또 한숨을 흘리는 차샤.

"이제 그만 좀 합시다. 기왕 시작한 일."

그래서 석영은 평소라면 절대 안 했을 말로 차샤를 위로했
고, 돌아오는 건 역시나 원망 섞인 노려봄이다.

"단장, 휴식 시간… 끝났어요."

신나서 달려왔다가 차샤의 풀 죽은 모습에 슬그머니 말꼬리
를 내리는 송이다. 초원에서 왔다더니 정말 석영이 보기에도
전형적인 북방 민족의 얼굴을 하고 있었다. 거뭇하게 탄 피부,
뚜렷한 이목구비에 전체적으로 단단한 체구까지. 게다가 복장
도. 유목민. 딱 송의 모습을 보며 떠오르는 단어이다.

"그래, 슬슬 다시 시작하자. 애들 몸 풀라고 해."

"네에……."

송이 후다닥 달려가 다시금 사냥 시작을 알렸다. 석영도 자
리에서 일어났고, 헤벌쭉거리던 라울도 일어나 정신을 가다듬
었다. 그 모습에 역시 헨리의 제자라는 생각을 하며 가장 선
두에 섰다.

척후.

현재 석영이 맡은 임무이다.

물론 혼자 맡지는 않았다. 석영의 10m 정도 떨어진 곳에서 송이 움직이고 있었다. 눈이 좋고 기척에 민감한 전형적인 레인저가 바로 송이다. 당연히 척후에 그녀만큼 어울리는 사람도 없었다. 현재 석영이 있는 곳은 리안에서 북쪽으로 올라가면 나오는 리안나라는 여성스러운 이름을 가진 산이다.

실제로 수백 년 전 리안나라는 이름을 가진 여인의 전설이 있는 곳이지만, 석영에게 그건 별로 중요한 게 아니었다.

삐익.

조용히 움직이는 와중에 날카로운 소리가 들렸다. 송이 보낸 신호이다. 몬스터를 찾았을 때 석영이 현재 귀에 꽂은 요상한 마개가 있어야만 들리는 발키리만의 신호 체계였다.

석영은 송이 있는 곳으로 천천히 다가갔다.

삭삭.

석영이 나오자마자 바로 손가락으로 이십을 표시하는 송. 몬스터의 수가 20이라는 뜻이다. 그리고 다시 손가락 하나를 세웠다. 난이도 1. 가장 잡기 쉬운 놈들이란 뜻이다.

'코볼트군.'

못난이 악마를 닮은 고블린이 아니라 이족 보행 개새끼처럼 생긴 코볼트가 리안나 산에서 가장 잡기 쉬운 놈이었다. 원래는 '요정 출신'인 놈이라 이런 모양이 아닌 걸로 아는데,

이곳의 코볼트는 이랬다.

'라니아와 비슷하게 생기긴 했지만.'

그러나 이것도 중요한 게 아니라 깔끔하게 생각을 접은 석영은 송에게 수신호를 보냈다.

사냥? 아니었다. 척후지만 탐색과 유인의 임무도 맡고 있는 두 사람이다. 오늘의 훈련 콘셉트는 방어전이었다.

저놈들을 유인해 공터로 끌고 가는 게 두 사람의 임무였다.

송이 석영의 신호를 받고 조용히 빠졌다.

드드드득.

타천 활이 아닌 일반 활시위에 철시를 건 다음 그대로 놓았다.

텅!

타천 활과는 다르게 탁한 시위 소리가 들렸다.

픽!

—깨갱!

코볼트 한 마리가 허벅지를 부여잡고 주저앉았다.

—킹! 컹컹! 으르르!

남은 열아홉 마리가 사방을 경계하기 시작했다. 석영은 천천히 시위에 화살을 다시 걸어 쐈다.

슈아악!

퍼걱!

—깽!

한 놈의 어깨에 그대로 화살이 박히자 개가 옆구리를 걷어
차였을 때나 낼 법한 소리가 들렸고, 이제는 열여덟 마리로
줄어든 코볼트가 전부 석영이 있는 곳으로 시선을 돌렸다. 석
영은 불쑥 상체를 세웠다.

—커헝!

—크르르!

눈싸움 같은 건 없었다. 석영은 바로 등을 돌려 공터로 내
달렸다.

크엉! 크헝!

역시 타천 활이 아니다 보니 석영을 보자마자 잡아먹을 듯
이 달려왔다. 개과랑 비슷해서 그런지 속도도 제법 빨랐다.

하지만 석영은 이미 육체 강화를 끝까지 끝낸 몸. 그리고 매
일 러닝으로 체력도 길러놓았다. 그러니 저런 개놈들에게 잡힐
리 없었다.

공터까지는 오 분도 채 안 되는 거리. 저 멀리 공터가 보이
자 석영은 달리기 전 입에 물고 있던 호각을 불었다.

삐! 삐!

연달아 두 번이면 석영이 복귀하고 있다는 신호이다.

"아군! 사격 중지!"

석영임을 알고 바로 차샤가 공격 중지 명령을 내렸다. 석영
은 힐끔 등을 돌렸다. 개가 활을 이용하는 건 이상하다. 두
발로 뛰어다니는 것보다 더 말이다. 역시 원거리 공격 없이 넓

게 퍼져 석영을 향해 무작정 달려오고 있었다.

유인은 성공적이라는 생각과 함께 2미터는 될 듯한 높이에서 그대로 몸을 날리는 석영. 붕 떴던 석영의 몸이 중력의 법칙으로 인해 바닥으로 하강, 그대로 지면을 밟으며 멋지게 회전 낙법으로 바로 신형을 돌려 세웠다.

―컹! 컹!

석영의 시선에 열여덟 마리의 코볼트가 경사면을 타고 주르륵 미끄러져 내려오고 있는 게 보인다.

"휘유."

송이 그런 코볼트를 보며 탄성을 흘렸고, 차샤는 도를 뽑아 들었다. 하지만 전면으로 나서지는 않았다.

―크르릉!

―그르르!

각기 비슷하지만 묘하게 조금씩 다른 소리로 으르렁거리면서 발키리가 둘러싼 네모난 목각 구조물을 노려보는 개들을 보니 기분이 이상해졌다. 고블린도 그랬지만 이놈들도 어느 정도 지능이 있는 것 같았다. 넓게 퍼져 오던 놈들이 중앙에 머리 하나가 더 큰 놈을 중심으로 슬금슬금 모여드는 걸 보니 말이다.

"이 개 십팔 새끼들 보게?"

어디선가 툭 날아온 욕설. 고개를 갸웃거리게 만드는 욕설의 주인공은 송도 아니고 차샤도 아니었다.

그 목소리의 주인은 발키리 대원 중 가장 덩치가 작은, 정말 소녀라 불러도 될 작은 체구의 여인이었다. 150? 아니, 그보다 더 작을 것 같았다.

"아이고, 아란아. 그 입 좀 예쁘게 안 쓸래?"

"사실을 말한 건데요?"

"사실?"

"네. 개가 십팔 마리."

"…그래… 그래."

차샤가 고개를 절레절레 저었다. 입에 착 감기는 욕을 한 소녀의 손에는 어울리지 않게 아주 살벌한 단검이 들려 있었다. 흔히 말하는 대거의 형태이다. 그걸 역수로 쥐고 있는데 그 모습이 제법 살벌했다.

"자자, 신호 주기 전까지는 방어만, 오직 방어만 해."

차샤가 어느새 도를 다시 도집에 넣고는 주먹 크기의 돌덩이를 손에 쥐었다. 그러고는 강속구 투수처럼 폭발적인 와인드업과 함께 쐈다.

쉐에에에엑!

깡!

—깨깽!

경쾌한 소리와 함께 가장 가까이 있던 코볼트의 고개가 뒤로 훅 젖혀졌다. 뒤이어 차샤의 어딘가 어색한 고함이 들려왔다.

"야, 이 개새끼들아! 복날은 아니지만 오늘 보신탕 좀 끓여 보자!"

보신탕이라는 단어에 한 번 더 놀란 석영이지만, 이제는 그냥 그러려니 했다.

―크헝!

대장으로 보이는 놈이 고함을 내지르자 코볼트들이 일제히 달려들었다. 차샤는 원하는 상황이 만들어지자 특유의 흥분한 미소를 짓고는 가장 전방에 자리 잡았다. 어느새 그녀의 손에는 타원형 방패가 들려 있었다.

"방패조!"

"합!"

똥개들이 일렬로 달려들어 오니 그에 맞게 방패조도 일렬로 섰다.

깡!

그극! 까가강!

코볼트의 손에 들린 철제 몽둥이로 방패를 때리는 소리가 연달아 들렸다. 용병단 발키리, 확실히 며칠간 봐온 결과 팀워크 하나는 최고였다.

오랜 시간 손발을 맞춰야 나오는 여유도 보였다. 코볼트 정도는 우스운지 얼굴에 긴장한 기색이라고는 정말 조금도 없었다. 연신 깡깡, 하는 소리가 들렸지만 발키리 단원은 아무도 다치지 않았다. 여유를 잃지 않았다고 긴장을 푼 건 아니었다.

그걸 지켜보는 석영은 그냥 활을 내렸다. 굳이 껴들 필요가 없었다.

"흠, 흠흠! 좋아, 좋아."

뒤로 빠져 상황을 살펴보던 차샤가 만족스러운 웃음을 흘렸다. 그러자 바로 장난 섞인 불만이 날아왔다.

"아, 단장님! 언제까지 놀아요! 지겨워요, 얘들은!"

"그래? 그럼 그만 끝내자! 전원 착검!"

"아싸!"

"착검!"

환호성과 복명복창이 연달아 들리면서 발 빠르게 물러났던 발키리 단원들이 각자의 무기를 빼 들고 순식간에 진형을 바꿨다. 단병과 장병끼리 거리를 유지하고 저격수들은 뒤로 멀찌감치 물러나며 포인트를 찾았다.

재밌는 건 은발 단신의 대거 소녀가 가장 전면에 서 있다는 점이다.

"언니, 언니, 시작해도 돼?"

피식.

차샤가 웃으면서 짧게 섬멸이라고 명령을 내렸다. 이어 나온 결과는 안 봐도 뻔했다. 오 분. 조른 것과는 다르게 착실하고 확실하게 코볼트를 섬멸하는 데 걸린 시간이다.

시간은 정말 잘도 흘렀다.

한 달이라는 시간을 석영은 매일 똑같이, 그리고 정신없이 보냈다. 하루에 한 번씩 꼭 발키리 용병단과 함께 손발을 맞쳐보러 나갔고, 저녁은 휘드리아젤 대륙을 공부하며 보냈다.

신세계. 석영이 그때 받은 퀘스트에 있던 단어를 그대로 써도 좋은 게 바로 이 휘드리아젤 대륙이었다.

지구의 언어와 문자가 교묘하게 섞여 있는 대륙. 각 왕국, 제국마다 특색이 있는데 그 또한 재밌었다. 하지만 너무 광범위해서 설명 자체가 불가능했다.

대륙 휘드리아젤, 간략하게 설명하면 몰락한 삼 대 제국과 그 외의 수십 왕국이 존재하는 대륙이다. 대폭발이라 부르는 재앙 이전엔 삼 대 제국에 감히 들이대는 곳이 없었다고 문헌에 적혀 있었다. 왕국 열 개가 연합해도 제국의 지방군에도 못 미치던 시대가 있었던 것이다.

'동남아 국가가 모두 손을 잡아도 미국의 국력을 넘을 수 없는 것처럼.'

동남아가 미국에 대항한다?

태평양 주둔 함대 하나만 파견해도 동남아는 반년도 지나지 않아 백기를 들 것이다. 현 지구의 국제 정세는 리얼 라니아 출몰 이후 매우 복잡해졌지만 그래도 미국은 절대로 무시할 수 없는 곳이다.

아니, 작정하고 압박하면 한국은 압살당할 것이다. 그런데 과거 휘드리아젤 대륙은 삼 대 제국이 미국보다 훨씬 막강한 국력을 지니고 있었다.

마도 제국 알스테르담.

초원 제국 발바롯사.

해상 제국 악시온.

이 중 한 곳만 작정해도 그 외에 대륙을 깡그리 밀어버릴 수 있을 정도의 힘이 있었다. 대폭발 이전에는 말이다. 그런 삼 대 제국은 대폭발과 가장 가까운 곳에 있었고, 그래서 가장 막대한 타격을 입었다. 그럼에도 아직까지 제국이라 불릴 정도의 저력이 있었다.

지구의 역사와는 전혀 다른 역사이다 보니 알아가는 재미가 있었다. 그래서 매일 밤 시간 가는 줄 모르고 책을 읽는 석영이다.

재미있는 건······.

"한글이 존재하다니··· 큭큭!"

미치고 팔딱 뛸 일이었다.

한글로 만들어진 책이 있었다. 대륙의 동부에서 많이 썼지만 지금은 프란 왕국을 포함해 두세 개의 왕국이 사용하는 문자라고 했다. 물론 한글이지만 언어까지 매칭이 되는 건 아니었다. 이들은 대폭발 이후 자신들의 언어를 한글에 맞춰 버린 것이다. 그래서 군데군데 어색하거나 틀리게 서술된 곳이 있었지만 그 정도는 읽는 데 아무런 지장이 없었다. 대충 뜻만 이해해도 뒤를 읽기에는 충분했기 때문이다.

그래서 지금 석영은 프란 왕국에서 출간된 모든 역사 서적을 휘린을 통해 죄다 사들이고 있었다.

물론 그러는 이유는 분명 있었다.

'퀘스트가 신세계라고 했어. 이건 어쩌면 육 개월이 지나고 리얼 라니아가 찾아와도 이곳은 남아 있을 수 있다는 소리야. 알아둬서 나쁠 건 하나도 없어. 아니, 시간이 있는 지금 최대한 알아둬야 돼.'

리얼 라니아는 불친절의 극치다.

뭐 하나 제대로 알려주는 것이 없었다.

왜 리얼 라니아가 지구를 찾아와 유저를 만들고 강제로 게임을 하게 만들었다가 이제는 죽음에까지 이르게 하는지 그 무엇 하나 밝혀주지 않았다. 공지는 또 어떤가.

'썩을……'

욕이 나올 정도로 황당했다.

공지를 툭 던져주고 알아서 대처해라, 이런 식이었다.

석영은 이번에도 그럴 수 있을 거란 예상을 하고 있었다. 석영에게 찾아온 특별한 감이 등골을 살살 긁는 것 같았다.

미리 준비하라고 말이다.

석영은 그걸 무시하지 않았다. 다만 지금 할 수 있는 게 하나도 없으니 이 세상에 대해서라도 철저하게 알아두려는 것이다.

한 권을 다 읽고 책장에서 '대폭발 이전의 오십 초인좌'란 제목의 책을 꺼내는데 방해꾼이 나타났다.

똑똑.

"들어오세요."

끼이익.

"아직도 책 보고 있어요?"

보기에도 보드라워 보이는 재질로 짠 담요를 어깨에 두른 휘린이 안으로 들어섰다.

"네, 무슨 일이십니까?"

"너무 사무적인 거 아니에요? 자리는 권해주고 물어봐도 될 텐데."

"아, 이쪽으로 앉으세요."

석영은 침대 한쪽을 정리했다. 그리고 자신이 거기에 앉고 휘린에게 의자를 권했다. 본능적으로 침대를 권하는 건 좀 아닌 것 같아서이다. 근데 사실 그렇게 따지면 석영의 방을 찾아온 휘린도 문제가 있다. 물론 휘린은 그걸 자각했는지 볼이 약간 달아올랐지만 석영은 단순히 불빛 때문인가 하고 넘어갔다.

휘린이 힐끔 책상에 놓인 책을 보고 입을 열었다. 볼 때마다 느끼는 거지만 청색증에 걸린 게 아닐까 의심스러울 정도로 하얀 입술이다.

"저번에 구해다 준 건 다 읽으셨나 보네요?"

"네."

석영은 먼저 대륙의 역사 위주로 읽었다. 지금 꺼내놓은 건 역사보다는 인물서다. 지구에서 본다면 한국 역사 100명의 위인, 이런 책과 비슷한 종류이다.

"이건 어디까지 읽었어요?"

"좀 전에 꺼내놨습니다."

"아, 그렇구나. 여기에 재밌는 사람들 많아요. 멋있는 사람들도 많고, 대단한 사람들도 있고… 그래요."

뭐라 대답해 줘야 하나 고민하다 보니 침묵으로 대답해 버렸다. 휘린은 그런 석영의 침묵에도 꿋꿋하게 다시 말했다.

"저는 다 읽어봤어요."

대화를 하고 싶어 온 사람이다.

싫은 게 아닌 이상 최대한 예의를 차려야겠다는 생각이 들었다.

"누가 가장 좋았습니까?"

"음, 역시 마도 제국의 두 분일까요?"

"마도 제국? 알스테르담이라 불리는 제국 말입니까?"

"네. 그런데 석영 님."

"네?"

"이제 말 좀 편히 해주세요. 이리 보고 저리 봐도 석영 님은 본가의 은인이신데, 그렇게 계속 높임말을 듣고 있자니·제가 너무 무안해요. 그래서 불편하고요."

휘린의 말에 석영은 바로 대답할 수가 없었다.

말을 놓는 것, 그건 친근감의 표시라 할 수 있다.

그럼 말을 높이는 건?

그건 거리감의 설정이라 할 수 있겠다.

석영이 말을 놓지 않는 건 거리감 설정 때문이다. 개뿔도 없는 주제에 자존감만 높아서 남들과 잘 섞이지 못한 10, 20, 30대를 보내왔다. 그런 석영에게 존대를 안 듣는 건 웃기게도 아영이 혼자뿐이었다. 그녀의 경우는 거리감을 둘 겨를도 없이 훅 파고들어 와버렸기 때문이고, 그 좁혀진 거리감을 다시 넓히지 못했다. 그래서 지금은 그냥 그렇게 지낸다. 한지원도 꽤나 오래 봤지만 아직도 서로 말을 높였다.

적당한 존대, 그래서 생기는 적당한 거리감. 석영은 그게 좋았다.

난감한 표정으로 볼을 긁적이자 휘린이 조용히 웃었다.

"알았어요. 그렇게 곤란한 표정 짓지 말아요. 괜히 제가 더 미안해지잖아요."

"아닙니다. 조만간 편해지면 놓겠습니다."

사실 말을 꺼낸 그녀가 더욱 민망할 것이다.

라블레스가는 딱 봐도 귀족 가문. 그런 귀족 가문의 규수인 휘린이 직접 편하게 대해달라고 부탁하는데 석영이 그걸 거절한 것이다. 옛날처럼 사교계에 이런 게 알려진다면 휘린은 망신살이 뻗칠 일이었다.

"제가 말한 두 분은, 음, 섬광의 테일러와 극점의 에나체리예요."

"섬광의 테일러, 극점의 에나체리……."

석영은 난감한 웃음을 흘렸다.

'뭐냐, 이 최악의 네이밍 센스는.'

이건 무슨 중2병 환자가 만든 소설책에서나 나올 법한 그런 별명들이다.

"심플하죠? 당시에는 그렇게 간단하면서 그 사람의 모든 걸 설명할 수 있는 단어를 초인명으로 썼어요. 지금 석영 님의 초인명을 당시 유행대로 지었다면 아마 암살의 석영, 뭐 이 정도일걸요?"

워워, 워워워.

'암살의 석… 영.'

단어만 속으로 읊어봤는데도 등에 식은땀이 송골송골 맺히는 석영이다.

그런 별명이 붙는 건 정말 싫었다. 안 그래도 전장의 유린자라는 유치찬란할 별명을 가지고 있었기 때문이다.

"호호, 그런 이명은 정말 싫은가 봐요?"

"네, 암살이니 뭐니 이런 건 좀……."

"당시에는 그랬어요. 하지만 지금도 크게 다르지 않아요."

"어째… 섭니까?"

"구관이 명관, 뭐 이런 말과 비슷한 이유로?"

그래, 구관이 명관이다.

이제는 그냥 포기.

찌릿, 찌릿찌릿!

솨아아악!

소름이 돋았다.

석영은 반사적으로 휘린을 안아 바로 바닥에 엎드렸다.

"꺄아!"

그녀는 석영의 갑작스러운 행동에 비명을 질렀지만 누구의 귀에도 들리지 않았다.

콰앙!

콰과과광!

콰웅!

천지가 뒤흔들렸다. 온 세상이 뒤집혔다가 다시 부침개 뒤집듯 돌려놓는 것 같았다. 세상이 터져 나갈 정도로 거세게 들려온 굉음에 귀까지 먹먹했다. 아니, 이건 폭탄이 터지는 소리와 매우 흡사했다.

후우웅!

쩌저적!

쨍그랑!

굉음에 이어 바람이 몰아닥치고 유리창에 금이 가더니 그대로 깨져 나갔다.

"꺄아아아아!"

휘린의 비명이 계속 이어졌다.

석영도 놀랐지만 이를 악물고 떨어지는 유리를 몸으로 받아냈다. 본능이었다. 소름이 확 돋는 순간 만약 석영이 움직이지 않았다면 휘린은 그냥 폭발의 후폭풍으로 날려가 버렸을 것이다. 그만큼 근거리에서 터진 폭발이었다.

아직도 다 끝나지 않은 건지 연달아 폭음이 터졌다.

"꺄아! 꺄아아아!"

휘린은 계속해서 비명을 내질렀다.

'테러?'

석영의 정신은 어느새 돌아와 있었다.

멘탈 보정.

살인마저 가능하게 해주는 멘탈 보정의 효과였다.

콰앙! 우르르! 우르릉!

폭발에 대지가 진동하며 창문틀에 박혀 있던 유리가 뚝뚝 떨어졌다. 개중에는 수직으로 떨어져 석영의 어깨나 등을 찌르는 것도 있었지만 지금 석영은 그게 주는 고통보다 현 상황에 대한 파악이 먼저였다.

'테러? 진짜 테러? 프랑스나 시라아도 아니고 이게 무슨……!'

진짜 환장할 일이었다.

동시에 갑작스러운 일상을 깬 테러범들에게 분노가 확 솟구쳤다. 오 분 정도 더 웅크리고 있자 폭발이 멈췄다.

"괜찮습니다. 일단 일 층으로 이동하겠습니다."

"네, 네? 아, 아아, 네네."

휘린은 넋이 나간 듯 정신을 못 차렸다.

이해할 수 있었다. 이게 정상적인 여인의 보일 수 있는 반응이니까. 석영이 단지 좀 특수할 뿐이다. 한 번도 겪지 않은 일에 대해 대처를 못 했다고 실망하는 건 정말 멍청한 짓이었다.

석영은 휘린을 강제로 일으켜 일 층으로 내려갔다. 일 층도
난장판이었다. 폭발의 후폭풍으로 유리창이 죄다 깨져 나갔
고, 집기도 사방으로 날아가 굴러다니고 있다.

휘린을 지키기 위해 저택으로 와 있던 송(松), 그리고 그녀
의 친동생인 매(魅)와 용병단원 8인이 전부 거실에서 경계 모
드에 들어가 있었다. 헨리와 라울 또한 당연히 나와 있었다.

"가주님!"

"괘, 괜찮으십니까?"

"저… 괘, 괜찮… 아아……!"

털썩!

탈진했는지 아니면 너무 놀라 그런지 가슴을 부여잡은 휘
린이 바닥에 주저앉으며 신음을 흘렸다. 보니 바닥에 돌아다
니던 유리에 손바닥이 베였다. 석영은 바로 포션을 꺼내 헨리
에게 건넸다.

"혹시 부상자 있습니까?"

"아니요. 제가 감각이 좋아 다들 바로 피했어요."

"…그렇습니까?"

"그런데 좀 전 폭발이 일어난 방향을 보니… 치안대 본청
같았어요."

"치안… 대?"

석영은 순간 등골에 오싹한 기분이 들었다.

'치안대라고? 리안에서 절대 권력을 행사한다는 치안대를

테러했다고?'

의문이 의문을 낳았다.

그리고 그 의문이 다시 또 의문을 낳았다. 의문이 계속해서
쌓여갔다. 순간적으로 돌아가는 사고의 회전이 지금의 폭발이
자신과 절대 무관하지 않다는 결론을 강제로 내리고 있었다.

"송."

"네, 말씀하세요."

석영은 저도 모르게 짧게 반말로 불렀고, 송은 석영의 가라
앉은 표정에 비슷한 표정으로 대답했다.

"누가 가장 발이 빠릅니까?"

"제 동생 매가 빨라요. 여기서는."

석영의 시선이 그녀의 동생 매에게 향했다. 둘이 똑 닮았을
거라 생각하지만 달랐다. 매는 전형적인 러시아나 우크라이나
쪽 외모였다. 외모와 체형은 동유럽 계통이지만 머리카락만
짙은 흑발일 뿐이다. 하지만 지금 이것이 중요한 게 아니었다.

"당장 발키리 용병단 전원을 이곳으로 오라고 해. 치안대
본청에서 폭탄이 터졌다고만 해도 차샤나 노엘이면 바로 이해
할 거다."

"네."

싱글싱글한 송과는 전혀 다른 딱딱한 대답을 하고는 그 훤
칠한 신장을 이용해 정말 바람처럼 문을 열고 내달렸다. 석영
은 다시 송을 바라봤다.

"휘린을 지키면서 경계해. 내가 첨탑으로 올라갈 거니까 밖으로 나오지 말고 귀마개 끼고 대기해. 적이면 한 번, 아군이면 두 번."

"네, 알겠어요."

다부진 표정으로 고개를 끄덕인 송이 바로 용병단원들에게 자리 배정을 했다.

석영은 바로 첨탑으로 올라갔다. 그때 기습 이후 새로 보수한 곳이다. 활을 꺼내고 시위에 손을 걸어둔 석영은 날카롭게 이를 갈았다.

'누구냐?'

테러를 일으킨 범인들에게 석영은 거대한 적의를 느끼기 시작했다. 이런 적이 처음이라 당황할 법도 하지만, 그놈의 멘탈 보정은 이 순간에도 확인이 가능했다. 십 분, 이십 분. 정면에서 대로를 타고 일단의 무리가 나타났다.

전원 기마에 올라탄 발키리 용병단이다.

그런데 정면 끝에서 또 일단의 무리가 나타났다.

적?

아군?

누구지?

거리가 너무 멀고 밤이라 확인이 불가능했다.

갖가지 의문이 들었다가 사라지는 순간, 차샤의 찢어지는 비명에 가까운 고함이 들려왔다.

"과, 관리관님!"

역시 감은 틀리지 않았다.

차샤의 고함이 들리고 잠시 뒤 그 후미로 흉악한 기세를 풍기는 무리가 모습을 드러냈다. 그리고 그 순간이 석영이 시위에 걸고 있던 손가락을 거칠게 잡아당기는 순간이기도 했다.

두드드드득!

투웅!

시위 튕기는 소리가 어둠에 묻혀 사라지고.

우르릉!

뇌성이 울더니.

콰과광!

벼락이 떨어졌다.

타락 천사의 심판이 봉인이 풀리며 최초로 지상에 그 절대적인 위엄과 무시무시한 파괴력을 내보이는 순간이었다.

『전장의 저격수』 4권에 계속…

초대형 24시 만화방

신간 100%, 샤워실, 흡연실, 수면실(침대석), 커플석, 세탁기 완비

■ 광명 광명사거리역점 ■

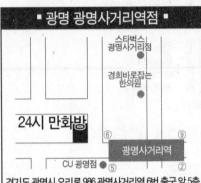

스타벅스
광명사거리점

경희바로잡는
한의원

24시 만화방

⑥ 광명사거리역 ⑨

CU 광명점 ⑤ ②

경기도 광명시 오리로 986 광명사거리역 6번 출구 앞 5층
02) 2625-9940 (솔목타워 5층)

■ 강북 노원역점 ■

운전면허 시험장

⑨ ⑩

4호선 노원역

②

롯데백화점 ① 순복음
교회

24시 만화방

서울 노원구 상계동 340-6 노원역 1번 출구 앞 3층
02) 951-8324 (화용빌딩 3층)

■ 일산 정발산역점 ■

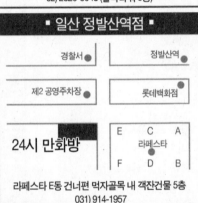

경찰서 정발산역

제2 공영주차장 롯데백화점

24시 만화방

E C A
라페스타
F D B

라페스타 E동 건너편 먹자골목 내 객잔건물 5층
031) 914-1957

■ 일산 화정역점 ■

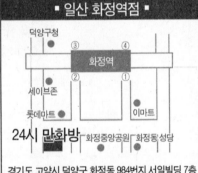

덕양구청

③ ④

화정역

② ①

세이브존

롯데마트 이마트

24시 만화방 화정중앙공원 화정동 성당

경기도 고양시 덕양구 화정동 984번지 서일빌딩 7층
031) 979-4874 (서일사우나 건물 7층)

■ 부천 역곡역점 ■

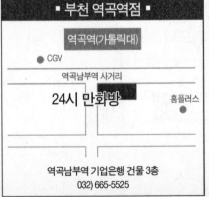

역곡역(가톨릭대)

CGV

역곡남부역 사거리

24시 만화방 홈플러스

역곡남부역 기업은행 건물 3층
032) 665-5525

■ 부평역점 ■

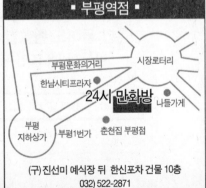

시장로터리

부평문화의거리

한남시티프라자

24시 만화방 나들가게

부평
지하상가 부평1번가 춘천집 부평점

(구) 진선미 예식장 뒤 한신포차 건물 10층
032) 522-2871